———— 阅读之前 没有真相

午 夜 文 库

阿加莎·克里斯蒂

赫尔克里·波洛系列

阿加莎·克里斯蒂
Agatha Christie (1890—1976)

无可争议的侦探小说女王，侦探文学史上最伟大的作家之一。

阿加莎·克里斯蒂原名为阿加莎·玛丽·克拉丽莎·米勒，一八九〇年九月十五日生于英国德文郡托基的阿什菲尔德宅邸。她几乎没有接受过正规的教育，但酷爱阅读，尤其痴迷于歇洛克·福尔摩斯的故事。

第一次世界大战期间，阿加莎·克里斯蒂成了一名志愿者。战争结束后，她创作了自己的第一部侦探小说《斯泰尔斯庄园奇案》。几经周折，作品于一九二〇年正式出版，由此开启了克里斯蒂辉煌的创作生涯。一九二六年，《罗杰疑案》由哈珀柯林斯出版公司出版。这部作品一举奠定了阿加莎·克里斯蒂在侦探文学领域不可撼动的地位。之后，她又陆续出版了《东方快车谋杀案》《ABC谋杀案》《尼罗河上的惨案》《无人生还》《阳光下的罪恶》等脍炙人口的作品。时至今日，这些作品依然是世界侦探文学宝库里最宝贵的财富。根据她的小说改编而成的舞台剧《捕鼠器》，已经成为世界上公演场次最多的剧目；而在影视改编方面，《东方快车谋杀案》为英格丽·褒曼斩获奥斯卡大奖,《尼罗河上的惨案》更是成为几代人心目中的经典。

阿加莎·克里斯蒂的创作生涯持续了五十余年,总共创作了八十余部侦探小说。她的作品畅销全世界一百多个国家和地区,累计销量已经突破二十亿册。她创造的大侦探波洛和马普尔小姐为读者津津乐道。阿加莎·克里斯蒂是柯南·道尔之后最伟大的侦探小说作家,是侦探文学黄金时代的开创者和集大成者。一九七一年,英国女王授予克里斯蒂爵士称号,以表彰其不朽的贡献。

一九七六年一月十二日,阿加莎·克里斯蒂逝世于英国牛津郡沃灵福德家中,被安葬于牛津郡的圣玛丽教堂墓园,享年八十五岁。

阿加莎·克里斯蒂 侦探作品年表

波洛系列

1920	The Mysterious Affair at Styles	《斯泰尔斯庄园奇案》
1923	Murder on the Links	《高尔夫球场命案》
1924	Poirot Investigates	《首相绑架案》
1926	The Murder of Roger Ackroyd	《罗杰疑案》
1927	The Big Four	《四魔头》
1928	The Mystery of the Blue Train	《蓝色列车之谜》
1932	Peril at End House	《悬崖山庄奇案》
1933	Lord Edgware Dies	《人性记录》
1934	Murder on the Orient Express	《东方快车谋杀案》
1935	Three Act Tragedy	《三幕悲剧》
1935	Death in the Clouds	《云中命案》
1936	The ABC Murders	《ABC谋杀案》
1936	Murder in Mesopotamia	《古墓之谜》
1936	Cards on the Table	《底牌》
1937	Dumb Witness	《沉默的证人》
1937	Death on the Nile	《尼罗河上的惨案》
1937	Murder in the Mews	《幽巷谋杀案》
1938	Appointment with Death	《死亡约会》
1938	Hercule Poirot's Christmas	《波洛圣诞探案记》
1940	Sad Cypress	《H庄园的午餐》
1940	One, Two, Buckle My Shoe	《牙医谋杀案》
1941	Evil Under the Sun	《阳光下的罪恶》
1942	Five Little Pigs	《五只小猪》
1946	The Hollow	《空幻之屋》
1947	The Labours of Hercules	《赫尔克里·波洛的丰功伟绩》
1948	Taken at the Flood	《顺水推舟》
1952	Mrs. McGinty's Dead	《清洁女工之死》
1953	After the Funeral	《葬礼之后》
1955	Hickory Dickory Dock	《山核桃大街谋杀案》
1956	Dead Man's Folly	《弄假成真》
1959	Cat Among the Pigeons	《鸽群中的猫》
1960	The Adventure of the Christmas Pudding	《雪地上的女尸》

阿加莎·克里斯蒂 侦探作品年表

1963　The Clocks《怪钟疑案》
1966　Third Girl《第三个女郎》
1969　Hallowe'en Party《万圣节前夜的谋杀》
1972　Elephants Can Remember《大象的证词》
1974　Poirot's Early Cases《蒙面女人》
1975　Curtain: Poirot's Last Case《帷幕》

马普尔小姐系列

1930　The Murder at the Vicarage《寓所谜案》
1932　The Thirteen Problems《死亡草》
1942　The Body in the Library《藏书室女尸之谜》
1943　The Moving Finger《魔手》
1950　A Murder is Announced《谋杀启事》
1952　They Do It with Mirrors《借镜杀人》
1953　A Pocket Full of Rye《黑麦奇案》
1957　4.50 from Paddington《命案目睹记》
1962　The Mirror Crack'd from Side to Side《破镜谋杀案》
1964　A Caribbean Mystery《加勒比海之谜》
1965　At Bertram's Hotel《伯特伦旅馆》
1971　Nemesis《复仇女神》
1976　Sleeping Murder《沉睡谋杀案》
1979　Miss Marple's Final Cases《马普尔小姐最后的案件》

其他系列及非系列

1922　The Secret Adversary《暗藏杀机》
1924　The Man in the Brown Suit《褐衣男子》
1925　The Secret of Chimneys《烟囱别墅之谜》
1929　Partners in Crime《犯罪团伙》
1929　The Seven Dials Mystery《七面钟之谜》
1930　The Mysterious Mr. Quin《神秘的奎因先生》
1931　The Sittaford Mystery《斯塔福特疑案》
1933　The Witness for the Prosecution and Other Stories《控方证人》
1934　Why Didn't They Ask Evans?《悬崖上的谋杀》

阿加莎·克里斯蒂 侦探作品年表

1934　The Listerdale Mystery《金色的机遇》
1934　Parker Pyne Investigates《惊险的浪漫》
1939　Murder is Easy《逆我者亡》
1939　And Then There Were None《无人生还》
1941　N or M?《桑苏西来客》
1944　Towards Zero《零点》
1945　Death Comes as the End《死亡终局》
1945　Sparkling Cyanide《闪光的氰化物》
1949　Crooked House《怪屋》
1950　Three Blind Mice and Other Stories《三只瞎老鼠》
1951　They Came to Baghdad《他们来到巴格达》
1954　Destination Unknown《地狱之旅》
1958　Ordeal by Innocence《奉命谋杀》
1961　The Pale Horse《灰马酒店》
1967　Endless Night《长夜》
1968　By the Pricking of My Thumbs《煦阳岭的疑云》
1970　Passenger to Frankfurt《天涯过客》
1973　Postern of Fate《命运之门》
1997　While the Light Lasts《灯火阑珊》

出版前言

纵观世界侦探文学一百八十余年的历史，如果说有谁已经超脱了这一类型文学的类型化束缚，恐怕我们只能想起两个名字——一个是虚构的人物歇洛克·福尔摩斯，而另一个便是真实的作家阿加莎·克里斯蒂。

阿加莎·克里斯蒂以她个人独特的魅力创造着侦探文学史上无数的传奇：她的创作生涯长达五十余年，一生撰写了八十余部侦探小说，她开创了侦探小说史上最著名的"黄金时代"；她让阅读从贵族走入家庭，渗透到每个人的生活中；她的作品被翻译成一百多种文字，畅销全球一百五十余个国家，作品销量与《圣经》《莎士比亚戏剧集》同列世界畅销书前三名；她的《罗杰疑案》《无人生还》《东方快车谋杀案》《尼罗河上的惨案》都是侦探小说史上的经典，她是侦探小说女王，因在侦探小说领域的独特贡献而被册封为爵士；她是侦探小说的符号和象征。她本身就是传奇。沏一杯红茶，配一张躺椅，在暖暖的阳光下读阿加莎的小说是一种生活方式，是惬意的享受，也是一种态度。

午夜文库成立之初就试图引进阿加莎的作品，但几次都与版权擦肩而过。随着午夜文库的专业化和影响力日益增强，阿加莎·克里斯蒂的版权继承人和哈珀柯林斯出版公司主动要求将版权独家授予新星出版社,并将阿加莎系列侦探小说并入午夜文库。这是对我们长期以来执着于侦探小说出版的褒奖,是对我们的信任与鼓励,更是一种压力和责任。

新版阿加莎·克里斯蒂作品由专业的侦探小说翻译家以最权威的英文版本为底本,全新翻译,并加入双语作品年表和阿加莎·克里斯蒂家族独家授权的照片、手稿等资料,力求全景展现"侦探女王"的风采与魅力。使读者不仅欣赏到作家的巧妙构思、离奇桥段和睿智语言,而且能体味到浓郁的英伦风情。

阿加莎作品的出版是一项系统工程,规模庞大,我们将努力使之臻于完美。或存在疏漏之处,欢迎方家指正。

新星出版社
午夜文库编辑部

Agatha Christie

Over the next few years, we plan to celebrate two very important Agatha Christie anniversaries. In 2015, it is the 125th anniversary of her birth in Torquay, South Devon, England, and in 2020 it will be 100 years after her first book, THE MYSTERIOUS AFFAIR AT STYLES, featuring her famous detective, Hercule Poirot, was published. This is therefore a very appropriate moment to publish a new edition of her works, and I am delighted that HarperCollins has chosen to work with New Star on these new editions. New Star is China's top crime publisher, and has a strong and dedicated editorial staff and a continued passion for Agatha Christie, making them the ideal partner. It is the right time to make these classic books available in modern translations and so to bring Agatha Christie's books anew to her many fans in China, giving them a new reason to re-read these much-loved stories, as well as introducing them to a whole new audience. How delighted Agatha Christie would have been that her stories (as she called them) are still giving so much pleasure to so many people all over the world!

I think there are two very remarkable things about Agatha Christie's stories. The first is that they are so adaptable. It doesn't really matter which language they appear in, the stories and the plots still give the same thrill, still provide the same puzzles, and the characters still have the same attraction. Readers in China will I am sure enjoy Hercule Poirot and Miss Marple just as much as we do in England, and readers in China will still be transfixed by the surprises and horrors of AND THEN THERE WERE NONE, one of the great classics of 20th century detective fiction, as we are here.

Agatha Christie

The second is that the stories give a wonderful picture of England, particularly rural England, at the time Agatha Christie lived. She wrote books from 1920 until 1970 but it is sometimes hard to tell which part of her life each book was written in. Her characters and the life they lived were very much the same. The life we all live is changing very quickly these days but "the Agatha Christie world stays the same." Perhaps the Miss Marple stories provide the best example of this, and in some ways, THE BODY IN THE LIBRARY and NEMESIS are quite similar, despite the fact that thirty years elapsed between the time they were written.

Perhaps I might end by mentioning three Agatha Christies (other than the ones mentioned above) which I think demonstrate why she is so popular, even in the twenty-first century. The first is MURDER ON THE ORIENT EXPRESS, one of the most famous with one of the most ingenious and human plots. Read this on one of your long train journeys in China! Next is A MURDER IS ANNOUNCED, a Miss Marple which was her 50th book. It has my favourite murderer in it! And last is ENDLESS NIGHT - a story about evil and how it affects three young people, written at the time when I knew her best, and understood how deeply she cared and sympathised with young people and the world they lived in.

Whichever are your favourites I hope you enjoy these stories that New Star are introducing to you again. I think it is a great publishing event.

Mathew
Grandson of Agatha Christie
Chairman of Agatha Christie Ltd

致中国读者

(午夜文库版阿加莎·克里斯蒂作品集序)

在未来的几年中,我们将要筹备两个非常重要的关于阿加莎·克里斯蒂的纪念日。二〇一五年是她的一百二十五岁生日——她于一八九〇年出生于英国的托基市;二〇二〇年则是她的处女作《斯泰尔斯庄园奇案》问世一百周年的日子,她笔下最著名的侦探赫尔克里·波洛就是在这本书中首次登场。因此,新星出版社为中国读者们推出全新版本的克里斯蒂作品正是恰逢其时,而且我很高兴哈珀柯林斯选择了新星来出版这一全新版本。新星出版社是中国最好的侦探小说出版机构,拥有强大而且专业的编辑团队,并且对阿加莎·克里斯蒂的作品极有热情,这使得他们成为我们最理想的合作伙伴。如今正是一个良机,可以将这些经典作品重新翻译为更现代、更权威的版本,带给她的中国书迷,让大家有理由重温这些备受喜爱的故事,同时也可以将它们介绍给新的读者。如果阿加莎·克里斯蒂知道她的小故事们(她这样称呼自己的这些作品)仍然能给世界上这么多人带来如此巨大的阅读享受,该有多么高兴啊!

我认为阿加莎·克里斯蒂的作品有两个非常重要的特征。首先它们是非常易于理解的。无论以哪种语言呈现,故事和情节都同样惊险刺激,呈现给读者的谜团都同样精彩,而书中人物的魅力也丝毫不受影响。我完全可以肯定,中国的读者能够像我们英国人一样充分享受赫尔克里·波洛和马普尔小姐带来的乐趣;中国读者也会和我们一样，读到二十世纪最伟大的侦探经典作品——比如《无人生还》——的时候，被震惊和恐惧牢牢钉在原地。

第二个特征是这些故事给我们展开了一幅英格兰的精彩画卷，特别是阿加莎·克里斯蒂那个年代的英国乡村。她的作品写于二十世纪二十年代至七十年代，不过有时候很难说清楚每一本书是在她人生中的哪一段日子里写下的。她笔下的人物，以及他们的生活，多多少少都有些相似。如今，我们的生活瞬息万变，但"阿加莎·克里斯蒂的世界"依旧永恒。也许马普尔小姐的故事提供了最好的范例：《藏书室女尸之谜》与《复仇女神》看起来颇为相似，但实际上它们的创作年代竟然相差了三十年。

最后，我想提三本书，在我心目中（除了上面提过的几本之外）这几本最能说明克里斯蒂为什么能够一直受到大家的喜爱。首先是《东方快车谋杀案》，最著名，也是最机智巧妙、最有人性的一本。当你在中国乘火车长途旅行时，不妨拿出来读读吧！第二本是《谋杀启事》，一个马普尔小姐系列的故事，也是克里斯蒂的第五十本著作。这本书里的诡计是我个人最喜欢的。最后是《长夜》，一个关于邪恶如何影响三个年轻人生活的故事。这本书的写作时间正是我最了解她的时候。我能体会到她对年轻人以及他们生活的世界关心至深。

现在新星出版社重新将这些故事奉献给了读者。无论你最爱的是哪一本，我都希望你能感受到这份快乐。我相信这是出版界的一件盛事。

阿加莎·克里斯蒂外孙
阿加莎·克里斯蒂有限责任公司董事长
马修·普理查德
二〇一三年二月二十日

阿加莎·克里斯蒂侦探作品集⑥

悬崖山庄奇案
Peril at End House

[英]阿加莎·克里斯蒂 著
程云琦 译

新星出版社 NEW STAR PRESS

献给艾登·菲尔波茨
多年前他给予我的帮助和鼓励
我一直深为感激

目录

1	第一章	宏大酒店
14	第二章	悬崖山庄
26	第三章	意外事故
37	第四章	还有未知数
44	第五章	克罗夫特夫妇
55	第六章	拜访维斯先生
63	第七章	悲剧上演
70	第八章	致命的披肩
79	第九章	十位嫌疑人
92	第十章	尼克的秘密
101	第十一章	动机
107	第十二章	埃伦
116	第十三章	信
124	第十四章	遗嘱失踪之谜
135	第十五章	弗蕾德丽卡的反常之举
143	第十六章	探访惠特菲尔德先生
155	第十七章	一盒巧克力
167	第十八章	窗户上的脸
182	第十九章	波洛导演的戏
190	第二十章	"第十个人"
193	第二十一章	"第十一个人"
198	第二十二章	尾声

第一章　宏大酒店

我感觉，在英国南部没有哪个沿海小镇像圣卢那么吸引人，难怪它有个美名叫"水城皇后"。这个地方会让人们很自然地想起里维埃拉①。在我看来，康沃尔郡的海岸正像法国南方的海滨一样令人着迷。

我把这个想法告诉了我的朋友赫尔克里·波洛。

"昨天餐车上的那份菜单不也是这么说的吗？我的朋友，这可不是你的独特见解。"他回答道。

"难道你不同意吗？"

他自顾自微笑着，没有马上回答。于是我又问了一遍。

"哦，真是对不起，黑斯廷斯。我有点走神了。我在想你刚才提到的那个遥远的地方。"

"法国南方吗？"

"是的。去年冬天我就在那里。当时发生了一些事情。"

---

①法国东南部及意大利西北部的海滨地区，濒临地中海，景色优美。

我想起来了。当时在蓝色列车上发生了一起谋杀案。那是一辆往返于巴黎和里维埃拉之间的豪华夜车。虽说案情复杂，令人困惑，但还是被波洛以他一贯的敏锐和精确侦破了。

"要是当时我和你在一起该多好啊！"我深感遗憾。

"我也是这么想的，"波洛说道，"你的经验对我来说可是非常宝贵的。"

我侧过脸打量他。多年的经验告诉我，他的恭维不是那么可信，但这次他却显得非常一本正经。不过这又如何呢，我对他那一套了解得很。

"黑斯廷斯，我尤为怀念的是你那鲜活的想象力，"他梦呓般接着说道，"一个人总是希望调剂一下的。有时我也会和乔治斯探讨几个问题，我的这个男仆也算是个可爱的人，可就是一点儿想象力也没有。"

这段话让我简直摸不着头脑。

"告诉我，波洛，"我说道，"难道你真的不想重操旧业了吗？这种生活可真没劲……"

"可是对我非常适合，我的朋友。躺在海滩上晒晒太阳……还有什么比这更悠闲的吗？在功成名就的时候急流勇退……还有什么比这显得更崇高吗？人们会这样议论我：'瞧，那就是赫尔克里·波洛……伟大的、独一无二的！前无古人，后无来者！'这样我就心满意足了，我不再要求什么了。我是个谦虚的人。"

我从来不会用"谦虚"之类的字眼。看来，我这位身材矮小的朋友自我吹嘘的毛病并没有随着年纪的增长而有所收敛。他往后一仰，靠在椅背上，捻着胡须，一副志得意满的样子，几乎像猫咪一样打起呼噜来了。

我们坐在宏大酒店的一个露台上。这是圣卢最大的一家酒店，坐落在海岬上,可以俯瞰浩瀚的大海。在露台的下面就是酒店的花园,里边到处是棕榈树。大海碧蓝悦目,晴空万里无云。八月的骄阳照耀着,洒下它拥有的全部热量(这在英国实在少见)。身边有蜜蜂飞来飞去,发出的嗡嗡声令人心平气和——再没有什么比这些更宜人的了。

我们昨天晚上才抵达这里,打算逗留一个星期。但愿这样的好天气能够持续,那样的话我们的这次休假就真的是完美无缺了。

我捡起从手中滑落的晨报,再次细读报上的新闻。政治形势似乎令人担忧,不过读起来也没什么趣味。中国出了麻烦;关于谣传中的城市诈骗活动有一条长篇报道。但总体来说,上面并没有什么特别新鲜刺激的东西。

"'鹦鹉病'真是件奇怪的事。"我一边翻着报纸,一边说道。

"非常奇怪。"波洛应了一句。

"报纸上说,在利兹又有两个人得病死了。"

"太遗憾了。"

我又翻了一页。

"还是没有飞行员斯顿的环球飞行的消息。这些家伙可真够勇敢的。他那架'信天翁号'水陆两用飞机一定是一个伟大的发明。要是他一命归西就太惨了。不过还是有些希望吧,说不定他落在太平洋的某个海岛上了。"

"所罗门群岛上的土人大概还会吃人吧,不是吗?"波洛愉快地问道。

"他真是好样儿的。这种壮举毕竟是在为我们英国人争光。"

"那倒是,可以弥补一下在温布尔登世界网球锦标赛的失败了。"波洛回答道。

"我,我不是这个意思……"我开口正要说下去。

我的朋友巧妙地岔开了话题。

"我不是斯顿上尉那个倒霉蛋的什么两用飞机，"他宣布，"但我是个世界主义者①。听我说，对于英国人我向来充满敬意。比方说他们读报纸时一丝不苟的态度。"

我继续浏览政治新闻。

"内政部长的日子不太好过呀！"我轻笑起来。

"真可怜，他也有他的难处。啊，不错，麻烦太多他都不知道该向谁求助了。"波洛回答道。

我睁大眼睛望着他。

波洛微微一笑，从口袋里取出一卷用橡皮筋扎得整整齐齐的信件，从里面抽出一封递给我。

"这封信本来应该昨天就收到的。"他说道。

我把信读了一遍，心里既激动又愉快。

"波洛，"我叫道，"这可是对你最高的赞誉了。"

"你是这样想的吗，我的朋友？"

"他对你的才能恭维备至。"

"他是对的。"波洛说着，谦虚地把眼光移到别处。

"他求你帮他调查这件事，而且是以私人的名义。"

"不错，但你没必要再向我提起信的内容。亲爱的黑斯廷斯，我已经看过这封信了。"

"糟了，"我叫道，"难道我们的休假到此结束了？"

"不，不，别着急，完全没这回事。"

"可是内政部长说事态已经非常紧急了。"

---

① 水陆两用（amphibian）和世界主义（cosmopolitan）拼写有相似之处。

"他也许是对的,也许不对。政治家总是容易神经过敏。我就亲眼见过,在巴黎下议院……"

"是呀,是呀。但是,波洛,我们总该做些准备吧?去伦敦的快车十二点已经开走了,下一班……"

"镇定一些,黑斯廷斯,镇定,我求求你!别老是那么冲动冒失。我们今天不去伦敦,明天也不去!"

"但部长的请求……"

"跟我可没什么相干。我不属于你们的警察系统,黑斯廷斯。他请我做私家侦探,而我拒绝了。"

"你拒绝了?"

"当然。我很婉转地回了一封信,向他深表歉意,跟他说我已经荒废了……换做你,你会怎么说?我已经退休了,已经完了。"

"你还没完!"我激动地喊了起来。

波洛拍了拍我的膝盖。

"我忠实的朋友,你的话不是没有道理。我大脑里的那些灰色细胞还运转正常,聪明才智也不减当年。但我一旦退休了,我的朋友,我就是真的退休啦。我不是那种演完了戏还留在台上不断谢幕的明星。我会慷慨地说:给年轻人机会吧。虽然我怀疑他们是否具备应有的才能,但也许还是有的吧。也许他们可以应付一下内政部长的那些沉闷无聊的案子。"

"可是,波洛,部长毕竟好好地恭维了你一番呀!"

"哦……我可不吃那一套。内政部长是一个明理人,他当然知道如果有我介入,一切就马到成功。你说呢?只可惜他运气不好,赫尔克里·波洛已经办完他的最后一个案子了。"

我打量着他,心底里为他的固执感到痛惜。要是侦破了部长托付给他的案子，难道不会给他那早已蜚声全球的名声增添光彩吗？然而我又不得不钦佩他的坚决态度。

突然我有了一个主意，于是笑着说道："你不会是害怕了吧？部长说的恭维话甚至能打动上帝呢。"

"不可能的，"他回答道，"谁都不可能动摇赫尔克里·波洛的决定。"

"不可能吗？波洛。"

"你是对的，我的朋友，这个字眼不应该随便乱讲。实际上，我没说过就算有一颗子弹打在我身边的墙上我都会无动于衷。人毕竟是人嘛！"

我笑了。就在刚才，有一颗小石子打在我们身边的露台上，波洛拿它来即兴类比让我觉得很开心。他俯身捡起小石子，继续说道："是呀，人总是人。人有时就像一条安详睡觉的狗，可是一叫就会醒来。你们英语中就有这样一句格言。"

"对，"我回答道，"如果有人在你眼前作案，那家伙可就要当心了！"

波洛点了点头，但有些心不在焉的样子。

突然不知为什么，他站起身来，走下了通往花园的台阶。这时有一位姑娘进入眼帘，在花园里朝我们这个方向匆匆忙忙走来。

这是一位非常漂亮的姑娘，我刚刚有了这么一个印象，注意力就马上转到波洛身上来。波洛不知在看什么，结果一不留神被树根绊了一下，重重地摔倒在地。恰好这个姑娘也走到了波洛的身边，我连忙跑过去和她一起把他搀了起来。虽然我的注意力全在朋友身上，却也注意到了那姑娘有着深棕色的头发和碧蓝的大眼睛，脸上带着顽皮的表情。

"真是不好意思,"波洛结结巴巴地说道,"小姐,你太好了。真的非常抱歉……哎哟,我的脚疼得厉害。哦,不,不,没什么,只不过扭了脚脖子,一会儿就会好的。不过,要是你们能扶我一下,黑斯廷斯,还有这位好心的小姐……唉,请这位小姐来扶真是难为情啊。"

我们一边一个扶着波洛,很快就回到露台,让他坐在一把椅子里。我建议找个医生来,可是他坚决反对。

"我跟你说了没事的,只不过脚脖子扭了。暂时有点痛,一会儿就好了。"他扮了个苦相说道,"过一会儿我就会忘记这件倒霉事的。小姐,真的非常非常谢谢你,你真是个好心人。请坐一会儿吧,求求你了。"

那姑娘坐了下来。

"没什么,"她说道,"不过还是请医生来看看比较好吧。"

"小姐,我向你保证,真的没什么大不了的!有你在这儿,我的脚好多了。"

姑娘笑了起来,说道:"那就好。"

"来杯鸡尾酒怎么样?"我提议,"现在正是喝点儿什么的时候。"

"嗯……"她迟疑了一下,说道,"那就谢谢了。"

"马丁尼好吗?"

"好的,不带甜味的吧。"

我走开去叫酒,等我回来,发现波洛和那姑娘已经聊得很投缘了。

"你想得到吗,黑斯廷斯,"他说道,"岬尖上的那幢房子,就是刚才我们赞叹不已的那幢,是这位小姐的。"

"真的?"我说道。我想不起来什么时候说过赞美的话,事实上我根本没有注意到那幢房子。"看起来有点怪怪的,而且孤零零的。"

"它叫'悬崖山庄',"姑娘说道,"我很喜欢,但它是一幢又老又旧的房子，而且都要垮下来了。"

"你是某个古老大家族的唯一传人吧，小姐？"

"哦，算不上什么大家族。但我们姓巴克利的在这里已经有两三百年了。三年前我哥哥去世后，我就成了巴克利家族的唯一继承人。"

"真叫人伤心！你一个人住在那里吗，小姐？"

"哦，我常常出门在外。不过我住在那里的时候，总是有很多人进进出出。"

"蛮时髦的嘛。刚才我还以为你住在那幢充满神秘的房子里，旁边徘徊着家族的阴魂。"

"真是不可思议，你怎么会这样想？不，那里没有什么阴魂。就算有，也是一些好鬼。这些天我三次死里逃生，所以我想冥冥之中一定有神灵在护佑。"

波洛警觉地挺直了身子。

"死里逃生？听起来挺有意思的，小姐。"

"哦，倒也不是什么吓人的事，不过是一些意外。"一只黄蜂飞过，她猛然偏了偏头，"该死的黄蜂！这附近肯定有一个蜂巢。"

"哦，蜜蜂和黄蜂……你讨厌它们吗，小姐？你大概被它们蜇过吧？"

"那倒没有，我只是讨厌它们贴着脸飞过去。"

"帽子里的蜜蜂[①]，"波洛说道，"你们英国人有一种说法。"

这时，鸡尾酒送来了。我们都举起酒杯，照例说了几句无聊的客套话。

"我真的该到旅馆去参加鸡尾酒会了，"巴克利小姐说道，"他们一

[①]谚语，指奇思怪想。

定在找我。"

波洛清了清喉咙,放下酒杯。

"哎,要是有一杯浓浓的巧克力该多好呀!"他喃喃地说道,"但是在英国没有这种习惯。不过,你们英国人也有一些让人看着很养眼的习惯。比方说,姑娘们的帽子摘下和戴上都很自如,而且戴起来这么方便……"

那姑娘睁大了眼睛看着他,说道:"什么意思?不应该这样戴帽子吗?"

"你这么问是因为你年轻,太年轻了,小姐。不过我常常见到的戴法不是这样的……头发扎得又高又紧,然后把帽子扣在上面,再用很多别针把它紧紧地别在头发上。"

他用手指戳了几下,比画着用别针把帽子和头发夹在一起的样子。

"那多难受呀!"

"唉,我想也是,"波洛说道,就好像这样戴帽子的女士对这种痛苦的认识还不如他深,"要是刮了风可就惨了……你会像得了偏头痛似的脑袋一边痛。"

巴克利小姐取下头上戴的宽檐儿呢帽,随手放在一旁,笑着说道:"瞧,我们是这样取帽子的。"

"是呀!这样又方便又好看。"波洛颔首微笑着答道。

我饶有兴致地瞧着她。她一头深棕色的头发乱蓬蓬的,看上去很淘气。其实她整个人都散发出一种调皮的味道。小小的脸蛋,活泼的表情,带着一股脂粉气。那双碧蓝的大眼睛,还有其他的一些什么,都散发出只可意会、勾人魂魄的动人魅力。这是暗示她有些轻浮吗?她的眼圈下面有些黑晕。

我们坐的地方有些偏僻。大多数客人更愿意坐在拐角的主露台上,就在海边的峭壁之上。

这时，那里出现了一个红脸男子，走起路来左摇右晃，两手半握着拳头，满面春风，无忧无虑的样子，一看就是个水手。

"真不知道她跑到哪儿去了。"他说话很响亮，我们隔得老远就听到了。"尼克！尼克！"

巴克利小姐站了起来。

"瞧，他们真的等急了。好小子……乔治！我在这儿呢！"

"弗莱迪急着喝酒都快急疯了。快来吧，姑娘！"

他一边说一边好奇地打量了波洛几眼，大概觉得跟尼克的大部分其他朋友相比，波洛有很大的不同。

姑娘挥了挥手，介绍说："这位是海军中校查林杰……呃……"

那姑娘等着波洛作自我介绍，但出乎我的意料，波洛并没有马上报上自己的名号，反而站起身来，非常客气地鞠了一躬，喃喃地说道："哦，英国海军！我向来非常敬重英国的海军。"

英国人在初次见面时很少这样说话，波洛的举动多少显得有些唐突。查林杰中校的脸更红了。但尼克·巴克利很快打破了窘境，说道："走吧，乔治，别傻怔怔的了。我们去找弗莱迪和吉姆吧。"

然后她对波洛微微一笑。

"谢谢你的鸡尾酒。希望你的脚脖子很快康复。"

她冲我点了点头，然后挽着那水手的胳膊走了，很快他们就消失在拐角处。

"这么说，他是巴克利小姐的一个朋友，"波洛若有所思地说道，"是她那群无忧无虑的伙伴之一。他是怎么样的一个人呢？黑斯廷斯，你用专家的眼光来判断一下吧。他是不是你所说的那种'好人'？"

我迟疑了片刻，搞不懂波洛所说的"好人"究竟是指哪种人。我含糊地点了点头。

"他看起来好像不坏，"我说道，"才见了一面，我也说不上什么。"

"难说。"波洛回答道。

那姑娘把帽子忘在这里了。波洛俯身把帽子拿起来，心不在焉地用手指顶着旋转。

"他对她是不是有点意思？你觉得呢，黑斯廷斯？"

"亲爱的波洛！我怎么知道？把帽子给我，我去还给她，说不定她还要戴呢。"

波洛没理睬我，继续用手指慢慢地旋转那顶帽子。

"别着急，我还想玩玩呢。"

"真是的，波洛！"

"没错，我的朋友。我现在是不是个老顽童？"

我觉得波洛还是有自知之明的，只不过我不好意思说出口罢了。波洛咯咯一笑，一手摸着鼻梁，凑过来说道："我还不至于像你想象的那么愚不可及！这顶帽子当然要还给她，不过不是现在。我们到'悬崖山庄'去还给她吧，这样我们就有机会再见见这位迷人的尼克小姐了。"

"波洛，"我说道，"你不会是对她一见钟情吧？"

"她是不是真的很美，嗯？"

"你自己看得见，何必来问我？"

"因为我说不准。在我看来，现在凡是年轻的都是美的。年轻人哪，年轻人哪……对我这个糟老头来说真是悲剧。你又怎么样？其实你的鉴赏力也跟不上时代了，你在阿根廷住得太久了。你喜欢的还是五年前的那一套，但不管怎么说，你还是比我时髦一些。她很漂亮，是不是？男人和女人都会被她迷住的。"

"现在就有一个人被她迷住啦,波洛!"我答道,"我说这话一点儿没错。你为什么对这位小姐这么有兴趣?"

"我对她有兴趣了?"

"嘿,想想你刚才说的那些话吧。"

"你误会了,我的朋友。我对她可能是有兴趣……不错……不过我对她的帽子更有兴趣。"

我困惑地看着他,但他显得很认真。

他冲我点了点头。

"没错,黑斯廷斯,就是这顶异乎寻常的帽子。"波洛把帽子递给我,"现在你知道我为什么感兴趣了吧?"

"挺好的帽子呀,"我还是很困惑,"普普通通的。很多女孩都戴这种帽子。"

"但绝不像这一顶!"

我更仔细地打量起来。

"发现什么了吗,黑斯廷斯?"

"很好的一顶浅黄色毡帽,款式很漂亮……"

"我不是叫你形容这顶帽子。还没看出来?简直是……可怜的黑斯廷斯,太不可思议了,你大概从来就没有仔细看过吧!真叫我吃惊。注意看呀,亲爱的老傻瓜,并不需要思考,只要动动眼珠子就行了。仔细看……"

我终于发现他要我看的东西了。帽子在他的一个手指头上慢慢打转,而那根手指正插在帽檐上的一个破洞里。看到我有所发现,他便从洞眼里抽出手指,把帽子递还给我。那是一个边缘整齐的小小圆洞,可我看不出这个小洞有什么特别的含意——如果真的有的话。

"你有没有看到尼克小姐讨厌黄蜂的样子?'帽子里的蜜蜂',黄蜂钻到她的头发里,于是在帽子上就留了个洞。"

"黄蜂不可能钻出这样一个洞来的。"

"完全正确,黑斯廷斯!多么敏锐的洞察力!黄蜂当然钻不出这样的洞来,但子弹却可以,我的朋友!"

"子弹?"

"不错!像这样的子弹。"

他摊开手掌,掌心里有一颗小东西。

"一颗打过的子弹,我的朋友。我们刚才聊天的时候,它正好打在露台上。不是小石子,而是一颗子弹!"

"你的意思是……"

"我是说,只要偏一英寸,这个洞就不在帽子上,而是打在她的脑袋上了。现在明白为什么我感兴趣了吧,黑斯廷斯?我的朋友,你说对了,我确实不应该说'不可能'这个字眼。是呀,人毕竟是人。不过那个开枪的人犯了一个严重的错误,他竟然胆敢在赫尔克里·波洛的眼皮底下开枪杀人!对他来说,这是最大的失策。现在你该明白为什么我们要到'悬崖山庄'去见那位小姐了吧?三天之内三次死里逃生,这是她自己说的。我们必须赶快行动,黑斯廷斯,危机迫在眉睫了!"

第二章　悬崖山庄

"波洛,"我说道,"我一直在想……"

"思考是一项可贵的运动,我的朋友,继续思考下去吧。"

我们面对面坐在靠窗的一张小桌子上吃午饭。

"这一枪一定是在离我们很近的地方打的,我们竟然没听见?"

"在只有海涛声的宁静环境下,你觉得我们应该听见枪声才对?"

"是啊,很奇怪。"

"不,一点儿也不奇怪。有些声音听惯之后你就不会注意到它的存在了。我的朋友,今天整个上午,那些赛艇都在下面的海湾里开来开去。刚开始你听了烦得要命,但很快就习惯了,根本就不会注意到。只要有一艘赛艇还在海湾里开,就算打机关枪也不容易被人发觉。"

"那倒也是。"

"啊,瞧,"波洛轻声说道,"小姐和她的朋友们!他们好像要到这里来吃午饭。看来我不得不把帽子还给她了。不过没关系,事态很严重,我还是要到她家里去的。"

他敏捷地站起来，匆匆穿过餐厅，在巴克利小姐他们正要就座时把帽子递过去，还不失风度地鞠了一躬。

他们一共四个人，尼克·巴克利、查林杰中校，另外还有一男一女。从我们坐的地方不大容易看清他们，但不时听到那个海军军官的大笑。他似乎是个开朗活泼的人，我对他已经有了不错的印象。

吃饭时，我的朋友有些心不在焉，不怎么说话。他捏着面包，偶尔突然会自言自语几句，发出一些奇怪的响声，还下意识地把餐桌上的每样东西摆得整整齐齐。我试图跟他说话，他却没什么反应，我只好作罢。

吃完了奶酪，他又在餐桌旁坐了很久。但是，当那四个人一离开餐厅，他也马上站起身来。这四个人走进休息室，刚在桌旁坐下，波洛就以他最标准的军人方式走过去，直截了当地对尼克说道："小姐，我可不可以跟你说几句话？"

姑娘皱起了眉头。我想她肯定感到厌烦了，生怕这个古怪的外国佬纠缠不休。从她的眼神里我可以看得出来，我不禁对她产生了些同情。她很不情愿地走开了几步。

波洛简简单单地跟她说了几句话，我立刻发现她脸上现出惊异的表情。

与此同时，我感到有些难堪，觉得浑身不自在。幸亏查林杰过来请我抽烟，并和我闲聊起来，我这才不再感到尴尬。我们彼此打量着对方，觉得颇为投缘。我觉得查林杰和他们当中的另一个男人不大合得来，还不如跟我在一起更自在一些。现在我可以好好瞧一瞧与查林杰一起吃饭的那个男人了。那是一个高个子、白皮肤的年轻人，头发有些黄，鼻子显得比较大，着意强调自己的英俊外貌。他态度傲慢，有点儿懒散倦怠。我尤其不喜欢他那故作优雅的样子。

接着我又打量起坐在我对面的那位女士。她坐在一张大椅子里,刚刚扔下她的帽子。她不是那种常见的女郎,也许用"疲倦的圣母马利亚"来形容再恰当不过了。一头淡得几乎没有颜色的头发从中间分开,直直地垂下来遮住了耳朵,在脖子旁绾了个结。她脸色苍白,略显憔悴,但也散发出一种妩媚。她有着一双瞳仁很大的淡灰色眼睛,脸上显露出一种超然淡漠的表情。她凝视着我,突然开口说道:"请坐,等你的朋友跟尼克把话讲完。"

她说起话来也是无精打采的,有些做作,但语调婉转,倒是怪吸引人的。她几乎是我见过的最委靡不振的人了——不是指身体,而是指心灵。似乎她觉得世上的一切都是空虚的,毫无价值的。

"早上我朋友扭伤脚脖子的时候,巴克利小姐帮了大忙。"我一边说,一边依言坐下。

"尼克跟我说过,"她看着我,眼神有些恍惚,"现在他的脚没事了吧?"

我觉得脸上有些发热。

"只不过崴了一下。"我解释道。

"哦!看来这次尼克说的倒是真话。你知道吗,她最会说谎了。真奇怪,这也是天生的。"

我简直无话可说。我的狼狈相似乎让她觉得很好玩。

"尼克是我的老朋友,"她接着说道,"我一向认为诚实是一种难能可贵的美德,你觉得呢?像苏格兰人那样讲究节俭和守安息日多不容易呀。但是尼克总是撒谎,吉姆,你说是不是?比如汽车刹车失灵之类耸人听闻的说法,吉姆说根本就没那么一回事。"

"我是懂一点汽车的。"那个淡黄色头发的男人用温柔而浑厚的声音说道。

他侧了侧头。外面停了许多汽车,当中有一辆车身颀长的红色轿车,似乎比所有的汽车都长,颜色也更红一些,引擎盖闪闪发亮,的确是一辆超级豪车。

"那是你的车?"我脱口而出。

他点了点头说道:"是的。"

我竟然愚蠢地吃了醋,加了一句:"我看也是!"

这时波洛走了过来。我站起身,他拉住我的胳膊,很快地对大家鞠了一躬,就把我拖走了。

"已经约好了,我的朋友。六点半我们到悬崖山庄去拜访那位小姐。那时她会回去的。嗯,她肯定会平平安安回去的。"

他有些焦虑,语气也显得很不安。

"你对她说了什么?"

"我要求她尽快安排一次见面。当然她有些不太愿意。我看得出来,她肯定在想'这个矮个子是什么人?一个鲁莽人?暴发户?还是电影导演?'她想拒绝我,但我提出的要求太突然了,一时间她还不知该怎么应付。她答应在六点半钟回去。大功告成!"

我回答说这下子我们只要等待就行了,可是他却不以为然。波洛真是片刻没有安宁。整个下午他都在客厅里踱来踱去,时不时地自言自语,一会儿弄弄这个,一会儿弄弄那个,把房间里的各种小摆设挪来挪去。我想跟他说话,他却朝我又是摆手又是摇头。

好不容易到了六点钟,于是我们离开了旅馆。

"简直不可思议,"我们走下旅馆的台阶时,我说道,"竟然在旅馆的花园里开枪杀人!只有疯子才会干这种傻事。"

"我倒不这么看。条件允许的话,这么干完全是可行的。"波洛说道,"首先,这个花园很荒芜,游客们又像一群羊似的,习惯坐在大露台上观海。只有我……非同凡响的赫尔克里·波洛，却坐在偏僻的小露台上欣赏花园！可是就算这样，我还是没能发现开枪的人。有许多东西挡住了我的视线，树、棕榈、开花的灌木什么的。任何一个人都可以很舒服地把自己隐藏起来，耐心等待小姐经过。而且尼克小姐一定会走这条路，因为从悬崖山庄到旅馆的大路要远得多。说不定这位小姐就是这样一种人——总是迟到，结果不得不抄近路。"

"但不管怎么说，凶手这么干还是很冒险，他有可能被人看见。况且，被枪杀不怎么像是一次意外。"

"不，不像是意外……"

"你的意思是……"

"哦，没什么。我的想法也可能不对。先搁在一边吧，不过我刚才说的那个情况对凶手还是很有利的。"

"什么情况？"

"黑斯廷斯，你这是明知故问嘛。"

"哈哈，我是不想让你失去拿我取乐的机会呀。"

"得啦，别冷嘲热讽了！不过有一点是很清楚的：凶手的动机一定不明显，否则这么做就太冒险了。人们会说：'我怀疑是某个人干的。开枪的时候某个人在什么地方？'所以，凶手——应当说是未遂凶手——的动机一定藏得很深。而这，黑斯廷斯，正是我最担心的。是啊，此时此刻我就十分担心。我只能安慰自己……'他们有四个人，在一起是不可能出事的。'假如还是出事了，就真的只能是疯子干的了。但我还是放心不下。这些'意外事故'还没结束呢。"

突然他转过身来。

"时候还早呢，我们换条路走吧。走花园这条小路不会有什么发现的，我们去瞧一瞧到悬崖山庄的正路吧。"

我们沿着大路走出旅馆的正门，向右拐上了一座陡峭的小山丘。在小山丘顶上有一条小路，路旁的墙上有个告示牌，上面写着：此路仅通悬崖山庄。

沿着小路往前走了几百码之后，小路突然折了个弯，尽头出现了两扇年久失修、油漆剥落的大门。

进门之后的右边是一座门房。小屋同那两扇大门和荒草丛生的小路形成了鲜明的对比，周围是一个小花园，看得出有人精心照料。小屋的窗框和窗棂都是最近新油漆的，窗子上还挂着干净的浅色窗帘。

一个穿着退色诺福克夹克衫的人正在花坛上弯腰干活。听到大门发出的吱嘎声，他直起身来，回头看着我们。这个人大约有六十岁，至少六英尺高，身材魁梧，一脸风霜。他的头顶差不多全秃了，天蓝色的眼睛炯炯有神，看上去颇为忠厚。

"下午好！"当我们从他身旁经过时，他打了个招呼。

我也照样回了一声，接着和波洛一起继续往前走，但总是觉得那双天蓝色的眼睛始终在打量着我们，充满了好奇。

"我在想……"波洛若有所思地说道。

但是他没告诉我他在想什么，刚开了个头就说完了。

我们看到的这座悬崖山庄是一幢又大又沉寂的房子，四周是浓密的树木，树枝都要碰到屋顶了，很明显没有人打理。波洛四下打量了一番，然后去拉门上的拉铃。要把这种老式的拉铃拉响可不容易，得花很大的力气才行。可是一旦拉响了，凄切的回声便久久回荡。

出来开门的是一个中年妇人——"一袭黑衣的端庄妇人"——也许我应该这样形容她。在我看来，她令人尊敬，却又愁容满面，一副对什么事都漠不关心的样子。

她说巴克利小姐还没回来。于是波洛解释说我们跟小姐已经约好了。他颇费了一番工夫才讲清楚这件事，因为她是那种对外国人很有戒心的女人。为此我确实感到得意，因为我不是外国人，有我在一旁帮了他不少忙。我们被让进客厅，静等巴克利小姐回来。

客厅里倒没有那股阴郁的气氛。它面向大海，阳光充足，但布置上却显得不伦不类：最时髦的廉价玩意儿与古色古香的维多利亚时代的笨重家具形成了鲜明的对比。用华美绸缎制作的窗帘已经退色；椅子上的坐垫套是新做的，色彩鲜艳，但坐垫本身却各式各样，没有两个是完全相同的。墙上挂着一些家族成员的肖像画。我觉得有几幅画得相当不错。房间里有一架留声机，唱片则扔得到处都是。还有一台手提收音机，但没有一本书，沙发上则摊放着一份报纸。波洛把报纸捡了起来，扮个鬼脸又扔下了。这是《圣卢先驱周报》。报纸上似乎有什么内容吸引了波洛，于是他又把它捡了起来。正当波洛看报的时候，门打开了，尼克·巴克利走了进来。

"埃伦，拿些冷饮。"她回头喊了一句，然后跟我们打了个招呼。

"我回来了……把其他人甩了。我好奇得要命。我会不会就是那位'众里寻他千百度'的电影女主角？你看起来相当认真，"她对波洛说道，"所以不会有其他事了。开个高价吧？"

"哎呀，小姐——"波洛刚开口，就被她打断了。

"可别是正相反吧？"她恳求道，"别跟我说你画了些袖珍画要我买一幅。不，不会的，留着这么威严的胡须，住在全英国价钱最贵、饭菜却最糟的宏大酒店的人，决不会是个兜售画的。"

给我们开门的那位妇人端着几瓶酒进来了。尼克一边很内行地调起了鸡尾酒，一边跟我们说话。最后，大概是波洛非同寻常的沉默引起了她的注意，等她把调好的鸡尾酒倒进杯子，她停住了话头，突然问道："嗨，怎么啦？"

"但愿你平安无事,小姐,"他从她手里接过鸡尾酒说道,"祝你健康,小姐,祝你继续健康下去,干杯!"那姑娘并不傻,听出了波洛话中有话。

"呃,有什么不对吗?"

"嗯,小姐,你瞧……"

他摊开手掌心,把那颗子弹给她看。她皱起眉头,疑惑地把子弹拿起来。

"知道这是什么吗?"

"当然知道,这是子弹。"

"没错,小姐。这就是今天上午从你耳边飞过的那只黄蜂。"

"你是说,有个白痴凶手在旅馆的花园里朝我开枪?"

"好像是这样。"

"哦,真要命。"尼克真诚地说道,"看来我真的是有神灵护佑呀。这是第四次了。"

"是的,"波洛说道,"第四次了。小姐,你能不能跟我说说另外三次的情况?"

她睁大了眼睛。

"小姐,我想弄明白它们到底是不是意外。"

"当然是啦!还会是什么呢?"

"小姐,你要有心理准备,我恳求你。有人想暗算你呢。"

听了这话,尼克大笑起来,好像这个说法十分有趣。

"多新鲜呀!我的大好人,你觉得会有什么人来暗算我?我又不是什么百万富翁的继承人。我倒真希望有人设法加害我,多刺激呀,但恐怕是不可能的!"

"小姐,那你能不能跟我说说那些意外?"

"当然可以,但其实没什么好说的,都是些无聊的事。我床头上面挂着一幅很笨重的画,有一天夜里它突然掉了下来。要不是我碰巧到楼下去关一扇被风吹开的门,准会被砸死。这是第一次。"

波洛的脸上没有丝毫笑意。

"小姐,说下去。第二次呢?"

"哦,第二次更算不上什么。那边的悬崖边上有一条小路,可以通到下面的大海。我沿着小路下去,想到海里游泳。海边有一块岩石,刚好可以用来跳水。我刚到海边,悬崖上的一块大石头忽然松动,滚了下来,差点砸到我。第三次就完全不同了。我汽车的刹车出了毛病,我也不清楚到底是怎么回事,修车厂的人跟我解释过,但我听不懂。反正就是如果我开车下山,因为刹车坏了,汽车就会冲向山下的镇政府大楼,撞个粉碎。政府大楼的外墙可能会撞掉一点点,但我肯定就一命呜呼了。幸好我出门时老是忘了带东西,我还没开下去就掉头了,结果只是冲进了月桂篱笆里。"

"你说不出具体是哪儿出毛病了吗?"

"你可以去问问莫特修车厂的人,他们知道。大概很简单,是什么螺丝松了吧。我不知道埃伦的儿子——埃伦是我的用人,就是给你们开门的那个——是不是摆弄过我的车,男孩子都是喜欢捣鼓汽车的。当然,埃伦发誓说她儿子根本没靠近过汽车。不管修车厂的人是怎么说的,我想车子用久了肯定就这样吧。"

"你的车库在哪儿,小姐?"

"就在房子的另一边。"

"平时上锁吗?"

尼克吃惊地睁大了眼睛。

"哦!没有,干吗要上锁?"

"也就是说，随便什么人都可以偷偷摆弄你的汽车？"

"是吧，我觉得是这样。但谁会做这种蠢事呢？"

"不，小姐，一点儿也不蠢。你还是不明白，你正处在危险之中……而且是极大的危险，我告诉你。我！你不知道我是谁？"

"不知道，你是……"尼克屏住了呼吸。

"我是赫尔克里·波洛！"

"哦，"尼克的语气显得很平淡，"哦，知道了。"

"你听说过我的名字吧？嗯？"

"哦……听说过。"

她尴尬地扭了一下身子，流露出不安的眼神。波洛把这一切都看在眼里。

"你不自在了。我猜，你还没看过我的书。"

"呃，没全部看过，但我知道这个名字，当然啦。"

"小姐，你是个客气的小骗人精（我吃了一惊，想起了那天午饭后在旅馆里跟她朋友的谈话）。我忘了……你还只是个孩子，肯定还没听说过我的大名。名气消逝起来可真快啊。我的朋友会告诉你我是谁。"

尼克看着我。我清了清喉咙，多少有些尴尬。

"波洛先生是……呃……以前是一位大侦探。"我解释道。

"喂，我的朋友，"波洛叫道，"你只会说这么几个字吗？说下去呀，你应该对小姐说，我是这世上独一无二、空前绝后、最伟大的侦探！"

"现在用不着我来介绍了，"我冷冷地说道，"你自己全说出来了。"

"哦，当然，谦虚一点总是好的，赞歌要由别人来唱才对。"

"养狗的人应当让狗去叫，而不是自己叫个不停。"尼克讽刺地表示同意，"那么谁是那条狗呢？我猜应该是华生医生吧。"

"我的名字是黑斯廷斯。"我冷冷地答道。

"一〇六六年的那次战役……就叫黑斯廷斯之战，"尼克说道，"谁说我没有文化？不过今天的事太让人搞不懂了。你真的认为有人要暗算我？的确耸人听闻，只不过这种事不会真的发生，这只是小说里的情节。我觉得波洛先生就像是一个发明了手术新方法的外科医生，急着在别人身上动刀；或者像一个发现了罕见疾病的内科大夫，希望每个人都得怪病。"

"不像话，"波洛生气地大声说道，"严肃一点好不好？如今你们这些年轻人，什么都不当回事，现在不是开玩笑的时候，小姐。如果不是你的帽子而是你的脑袋上被钻了个小洞，如果你变成一具美丽的尸体躺在旅馆花园里——那就笑不出来了。是不是？"

"太可怕了。"尼克说道，"不过说真的，波洛先生，你对我真好，但这些事情只能说是纯属意外。"

"你就像魔鬼一样冥顽不化！"

"这正是我的名字的由来。大家都说我祖父把他自己的灵魂卖给了魔鬼，所以管他叫老尼克[①]。他是个糟老头，但很有趣。我很崇拜他，喜欢跟着他到处跑，所以大家就叫他老尼克，叫我小尼克。我的真名是玛格黛勒。"

"这个名字不太常见。"

"不错，但我们巴克利家族有好几个人都叫玛格黛勒。瞧，那个就是。"她朝墙上的一幅肖像画扬了扬头。

"哦，"波洛说道，然后又看了看壁炉架上方的一幅画像，问道，"那个是不是你的祖父，小姐？"

[①]英语中尼克（Nick）也被用来称呼魔鬼。

"对。这幅画很出彩,对吧?吉姆·拉扎勒斯想要买,但我不卖。我很爱老尼克。"

"哦。"波洛沉默了片刻,然后很认真地说道,"好吧。听我说,小姐。我恳求你严肃一点,你有危险。今天,有人用毛瑟手枪朝你开枪……"

"毛瑟手枪?"

她吃了一惊。

"嗯。怎么啦?你知道谁有毛瑟手枪?"

她笑了。

"我自己就有一把。"

"你有?"

"是的,是我爸爸的。战后他带回了家,后来随便放在哪个地方了。前几天我还看见在那个抽屉里。"

她指了指一张老式的书桌。接着,她好像想起了什么似的,走过去拉开了抽屉。她显得有些困惑,连声音也变了。

"咦,"她说道,"它……它不见了。"

第三章　意外事故

正是从这时起，谈话的气氛才完全不同。在此之前，波洛和这姑娘总是谈不拢，他们之间存在着明显的代沟。他的名气和声望对她没有丝毫影响，她这一代人只听说过时下的大人物。因此，对于他的警告，她完全无动于衷。对她来说，他只不过是一个满脑子奇思怪想、滑稽可笑的外国老头儿。

而且她的这种态度让波洛十分难堪，重要的是伤了他的自尊心。他一向坚信自己赫赫有名，但这儿竟然有人对他一无所知。虽然我难免觉得，能让他清醒一下是件好事，但是对眼下的情况来说却没有什么帮助。

然而，手枪的失踪一下子令局面有所改观。尼克不再把这一切当做是一个可笑的玩笑，但她仍然对手枪的失踪有些不以为然，因为对什么事都满不在乎正是她的性格，不过她的态度还是有了些转变。

她回过身坐在一把椅子的扶手上，若有所思地皱起了眉头。

"真奇怪。"她说道。

波洛朝我转过头来。

"黑斯廷斯,你还记得先前我说我有一个设想吗?看来那个设想是对的。假如小姐被枪打中倒在旅馆的花园里,也许几个小时之内都不会被人发现,因为那里很少有人经过。而她的手边……恰好有一把她自己的手枪。毫无疑问,那位尊敬的埃伦太太会认出它来。接下来很自然就会有各种各样的说法,因为焦虑、失眠之类的原因而自杀。"

尼克不安地动了动身子。

"那倒是真的,我烦得要命。大家都说我紧张不安。不错……他们准会这么说……"

"结果就自杀了。手枪上找不到别人的指纹,只有小姐自己的……是啊,事情太简单了,不由得人不信。"

"那太好玩了!"尼克说道。但我很高兴地发现,其实她并不觉得有什么好玩。

波洛没有理会她说话的口气,接着说道:"是吗?小姐,但你总该明白,这种好事不会再有了。已经失败了四次,也许第五次就成功了。"

"准备好棺材吧。"尼克喃喃自语道。

"不过有我们在这儿,我和我的这位朋友,我们不会让它发生的!"

我很感激他说的是"我们",他有时习惯上忽视我的存在。

"是的,"我插了一句,"别害怕,巴克利小姐,我们会保护你的。"

"你们对我真是太好了,"尼克说道,"但我总觉得这一切匪夷所思。实在是太……太刺激了。"

她仍然摆出一副无所谓的样子,但我发现她的眼里流露出担忧。

"现在,我们要做的第一件事,"波洛说道,"就是了解一下情况。"

他坐下来，友好地对她笑了笑。

"首先问你一个老套的问题：小姐，你有没有什么仇人？"

尼克有些遗憾地摇了摇头。

"恐怕没有。"她有些歉意地说道。

"好，那么我们就排除这种可能性。接下来，问一个电影里或者侦探小说里常常会问的问题：小姐，要是你死了，谁会得到好处？"

"我想不出来，"尼克说道，"还会有谁得到好处？所以这一切才显得荒唐。当然，我是有这么一幢老朽不堪的宅子，但它也抵押出去了。房子破破烂烂的，下面也没有埋什么宝藏。"

"房子抵押出去了？"

"嗯，也是没办法。我交了两次遗产税，时间还很近。先是六年前我祖父死了，接着又轮到我哥哥。这两次交税差不多让我破产了。"

"你父亲呢？"

"他是因伤退役回家的，后来得了肺炎，一九一九年就死了。在我还是个婴儿的时候，母亲就死了。我跟祖父一起住在这儿。他和我父亲合不来，所以我父亲把我扔在这儿之后就自顾自周游世界去了。我哥哥杰拉尔德也跟祖父合不来。我敢说，如果我是个男的，肯定也跟祖父合不来。幸亏我是个女的。祖父常说他和我就像是一个模子里刻出来的，我继承了他的秉性。"她笑着说道，"他这个老家伙运气倒真不错。附近的人都说他有点石成金的本领。不过他是个赌鬼，越输越赌。他死的时候几乎什么也没留下，只有这幢房子和这块地。那时我十六岁，哥哥杰拉尔德二十二岁。三年前，杰拉尔德死于车祸，于是这地方就归我了。"

"小姐，那你之后呢？谁是你最近的亲戚？"

"是我表哥查尔斯·维斯。他是当地的一个律师，相当不错，也受人尊敬，但挺没劲的。他总是给我这样那样的忠告，还想着法儿叫我不要铺张浪费。"

"他为你料理事务……呢？"

"嗯……是的，如果你愿意这么说的话。我没多少事情需要料理，他为我办理了抵押手续，还帮我把门房租了出去。"

"哦，那间门房。我正打算问你这件事呢。它租出去了？"

"嗯，租给了一家澳大利亚人，姓克罗夫特的。这家人非常热心……就是那一类的。他们人好得简直叫人受不了，总是把一些新鲜芹菜、豌豆之类的东西拿来送给我。看到我让花园荒芜下去，他们就大惊小怪。他们说起话来肉麻得很，至少那个男的是这样，真叫人心烦。女的是个瘸子，可怜兮兮地整天躺在沙发上。但不管怎么说，反正他们按时交房租，没有比这个更好的了。"

"他们来这儿多久了？"

"哦，大概有六个月了吧。"

"好，我知道了。除了你那位亲戚……对了，他是你父亲那边的还是你母亲那边的？"

"母亲那边的。我母亲叫艾米·维斯。"

"那么，除了这位表哥，你还有没有别的亲戚？"

"还有几个住在约克郡的远亲，都姓巴克利。"

"再没有了吗？"

"没有了。"

"真是太孤单了。"

尼克怔怔地看着他。

"孤单？好奇怪的想法啊。听我说，我不常住这儿。我通常住在伦敦。亲戚有什么好呢？他们叫人受不了，动不动就过问你的事儿。各过各的就自由多了。"

"那我就不多浪费我的同情心了。你是个摩登女郎,我明白了,小姐。现在说说这幢房子的住户吧。"

"多动听的一个词啊!其实就是埃伦和她的丈夫。埃伦的丈夫算是个园丁,但水平并不怎么样。我付给他们很少的薪水,因为我允许他们把孩子带过来。我住这儿时,埃伦就帮我照料家务;如果我要举办聚会,就另外找人来帮忙。对了,星期一我要搞个聚会,下周这里就要举办赛艇会了。"

"下星期一,嗯,今天是星期六。还有,小姐,你朋友的情况呢?比如今天跟你一起吃午饭的那几个?"

"哦,弗莱迪·赖斯——浅色头发的那个——是我最好的朋友。她的日子糟透了,嫁给了一个畜生,坏到了极点,又是酗酒又是吸毒。一两年前她不得不跟他分居了,后来她就到处游荡。要是她能跟他离婚,再嫁给吉姆·拉扎勒斯就好了。"

"拉扎勒斯?就是在邦德街上开艺术品店的那一家?"

"没错。吉姆是独子。当然啦,他富得流油。你见到他那辆汽车了吗?他对弗莱迪一往情深,他们俩总是在一起到处跑。他们在宏大酒店度周末,下星期一会到我这儿来。"

"那么赖斯太太的丈夫呢?"

"那个垃圾?嗨,不知去向,也没有人知道他在哪儿。这让弗莱迪非常难办。你总得找到人才可以办离婚吧。"

"那当然。"

"可怜的弗莱迪,"尼克说道,一副不开心的样子,"她真倒霉。有一次事情都快办成了。当时她找到他,并且提出了离婚的要求,他说他完全同意,可是身边没钱带女人到旅馆开房间,于是她就把钱全都给了他……没想到钱一到手,他就远走高飞,从此再也没有音讯了。要我说,还有什么比这个更卑鄙的吗?"

"老天!"我不由得感叹了一句。

"哎呀,我的朋友黑斯廷斯吓坏了。"波洛说道,"小姐,你说话可得小心一点。他已经落伍了,刚刚从高尚圣洁的地方回来,还听不惯摩登的话呢。"

"哦,这有什么好奇怪的?"尼克睁大了眼睛说道,"我是说,大家都知道这世上有这么一号人,不是吗?但我管他叫可耻的下流坯子。可怜的弗莱迪当时手头很紧,简直走投无路。"

"是呀,是呀,总归不是什么好事。小姐,你的另一位朋友,那位可敬的查林杰中校呢?"

"你是说乔治?我早就认识他了,最近五年来往更多了。他是个好人。"

"他希望你嫁给他……是吗?"

"他时不时跟我提这事儿,要么在半夜三更,要么在喝了几杯酒之后。"

"但你一直无动于衷。"

"他跟我结婚有什么用呀?我们俩都是穷光蛋,而且跟乔治在一起时间一长,就很无聊的。他总是说那些球赛呀、学校生活呀,诸如此类的话题。说到底,他都四十岁了。"

听了这话,我微微皱了皱眉。

"是啊,一只脚已经踏进坟墓了。"波洛说道,"哦,别介意,小姐,我是个爷爷辈的人……来日不多了。现在,请跟我再说说这些意外事故吧。比如那幅画像?"

"我又把它挂上去了。这次换了一根新绳子。如果你愿意,可以去看看。"

她领着我们走出客厅。那是一幅画框沉重的油画,仍旧悬挂在床头正上方。

"小姐,方便的话……"波洛含糊其辞地嘟囔了几句,说着就脱下鞋子,跨到床上去了。他检查了那幅画和绳子,又小心地试了试画的重量,然后做了个表情生动的鬼脸下来了。

"这玩意儿砸在头上可绝对不妙,小姐。以前挂这幅画的绳子也是现在用的这种钢丝绳吗?"

"嗯,是的,但没有这根粗。这次我换了一根粗点儿的。"

"可以理解。你有没有检查过原来那根钢丝绳的断口,是磨断的吗?"

"大概是吧,我没有特别注意。有必要吗?"

"当然有必要。我现在很想看看那根绳子。还在吗?"

"原本是在画上的,后来我叫换绳子的人给扔了。"

"真可惜,要是能看一眼就好了。"

"你怀疑这不只是意外?那还能是什么别的?"

"嗯,也有可能只是意外,说不准。不过你的汽车刹车坏了可不是意外。还有从悬崖上滚下去的石头……我想去事发地点看看。"

尼克带着我们走出花园,来到悬崖边。下面蓝色的大海波光粼粼。有一条崎岖不平的小路从这里直通下面那块可以用来跳水的岩石。尼克向我们指明了石头滚下去的地点,波洛若有所思地点了点头,然后问道:"有几条路通往你的花园,小姐?"

"前面有一条正路……要经过门房。那边的围墙还开了一个供商贩进出的边门,从边门可以走到那条路的半中间。还有就是从这里过去,在悬崖边上还有一道门,是一条弯弯曲曲的海边小路,可以走到宏大酒店。当然啦,你也可以穿过篱笆的缺口钻进花园,这就是我今天上午走的路。穿过花园是到镇上去的捷径。"

"那么你的园丁通常在哪儿干活?"

"一般是在菜园里混混日子,要不然就是在盆栽棚里磨磨剪刀做个样子。"

"这么说是在这幢房子的另一边?"

"是的。"

"那么,如果有人到这儿来推石头,很有可能不会被人发现。"

尼克微微地打了个哆嗦。

"你真的这么想吗?"她问道,"但我总不相信,这么做纯粹是费力不讨好。"

波洛从口袋里又拿出那颗子弹看了看。

"这可不是费力不讨好的问题,小姐。"他温和地说道。

"一定是哪个疯子干的。"

"也有可能。是不是所有的罪犯都是疯子?这真是一个茶余饭后聊天的有趣话题。罪犯的大脑可能天生有些畸形,没错,非常有可能。不过那是医生要研究的课题,至于我,我的工作性质不同。我要关心和保护的是无辜的人,而不是罪犯。现在我关心的是你,小姐,而不是那个躲在背后的凶手。你又年轻又美丽,你的世界里充满了阳光和欢乐,生活和爱情都在前方等你。这就是我要考虑的一切,小姐。请告诉我,你的这些朋友,赖斯太太和拉扎勒斯先生来这儿有多久了?"

"弗莱迪是星期三来的。她和几个朋友在塔维斯托克附近住了两夜,昨天才来宏大酒店的。我相信吉姆一直在到处旅游。"

"那么查林杰中校呢?"

"他在德文波特,一有空就开车过来。通常是在周末。"

波洛点了点头。我们漫步走回屋子。沉默了一会儿,他突然说道:"你有没有一个信得过的朋友,小姐?"

"弗莱迪。"

"除了她呢?"

"哦,我也不知道。我想还是有的吧。怎么了?"

"因为我要你请一个可靠的朋友跟你住在一起——而且是马上!"

"啊……"尼克显得很意外。她没有说话,思索着。然后,她拿不定主意似的说道:"还有玛吉。我想我可以找她来。"

"玛吉是谁?"

"是我在约克郡的一个远房堂妹。他们是个大家庭,她父亲是牧师。玛吉的年纪跟我差不多,有时候我会在夏天请她过来住几天。不过跟她在一起让人觉得没劲,她太纯洁了。幸亏她的发型碰巧赶上了当季的流行款式,她看起来才不那么土气。本来今年我不打算请她过来了。"

"不,小姐,太好了!你的这位堂妹正是我希望找来的人。"

"好吧,"尼克叹了口气,"我这就去给她发电报。现在我确实也想不出还可以找谁了,大家都在忙自己的事。只要那边没碰上唱诗班出游或者谢佣宴会,她肯定会马上过来。不过你想要她做……"

"你能不能安排她睡在你的房间?"

"我想可以吧。"

"她会不会觉得这个安排很古怪?"

"哦,不会的。玛吉从来不多想,她只是执行……认认真真地执行,既虔诚又坚定地完成教会的工作。好吧,我给她发份电报叫她星期一过来。"

"为什么不是明天呢?"

"坐星期天的火车？这么着急，她会以为我快死了呢。不，还是星期一吧。你会不会打算告诉她，说厄运即将降临到我头上？"

"怎么还在开玩笑？但我很高兴你这么有勇气。"

"聊以自慰吧。"尼克说道。

她的声音里有一种说不清的东西引起了我的注意，我好奇地瞥了她一眼，觉得她并没有把话说完。我们又回到了客厅。波洛翻看着沙发上的那份报纸。

"小姐，你读这种报纸？"他忽然问道。

"《圣卢先驱周报》？没怎么认真读。我只是翻翻，看看潮讯。上面有每个星期的潮汐情况。"

"哦，是这样。顺便问一下，小姐，你立过遗嘱吗？"

"立过的。大约六个月之前，就在我要挨刀的时候。"

"什么？挨刀？"

"动手术，切除盲肠。有人劝我立个遗嘱，所以我就立了。写遗嘱让我觉得自己还是挺重要的。"

"遗嘱怎么说的？"

"我把这幢房子留给了查尔斯，其他也就没什么可留的了。不过，如果有可留的我都留给了弗莱迪。但我想，我背的这些债务——你们是这么说的吧——比资产还要多，真的。"

波洛心不在焉地点了点头。

"我要告辞了，再见，小姐。自己当心点。"

"当心什么？"尼克问道。

"你很聪明，但这也是你的弱点。你要在哪方面当心？谁知道呢？但你要有信心，小姐，用不了几天我就会找出真相的。"

"也就是在水落石出之前，我要当心毒药、炸弹、冷枪、车祸，还有南美洲印第安人的毒箭。"尼克随口就说了一大堆。

"别拿自己的性命开玩笑,小姐。"波洛严肃地说道。

他走到门口,又停住了脚步。

"顺便问一下,"他说道,"拉扎勒斯先生打算出多少钱买你祖父的画像?"

"五十英镑。"

"啊。"波洛说道。

他回过头去,仔细打量壁炉架上那幅画像里的那张阴沉沉的面孔。

"我跟你说过了,我可不想把那个糟老头卖掉。"

"是的,"波洛若有所思地说道,"是的,我能理解。"

第四章　还有未知数

"波洛,"一回到路上我就说,"有件事情你应当知道。"

"什么事,我的朋友?"

我就跟他说了赖斯太太对那次汽车刹车事故的看法。

"哈,真有意思,"波洛说道,"的确是有那么一种歇斯底里的人,神乎其神地捏造出各种死里逃生的故事,还一定要别人相信。不错,大家都知道有这么一种人。这种人为了证实自己所编造的荒谬经历,甚至会把自己弄得伤痕累累。"

"你不认为……"

"尼克小姐就是这种人?不,不可能。你自己也看到了,黑斯廷斯,我们花了多少力气要让她相信自己的处境危险。到最后她还是半信半疑,把它当做一场闹剧。她是时代新人。不过赖斯太太的话倒很有意思。为什么要说这些?就算是真的,为什么要这么说?完全没必要呀……太不会讲话了。"

"不错,"我说道,"的确是这样,我也看不出她有什么必要扯那个话题。"

"的确奇怪。是呀,是件怪事。但我很愿意看到怪事一桩桩出现,它们意义重大,为我们指明了方向。"

"方向……什么方向?"

"优秀的黑斯廷斯,你指出了要害所在。方向?那的确是重点!但是在我们到达之前,都不会知道方向在哪儿。"

"告诉我,波洛,"我说道,"为什么你坚持要她找堂妹来同住?"

波洛停住了脚步,用食指用力地指着我。

"想一想,"他大声说道,"只要稍微想一想,黑斯廷斯,我们面临多少障碍!受到多少束缚!追捕犯案之后的凶手,那并不难,至少对我来说是小事一桩。可以这么说,凶犯在行凶的过程中就已经签上了他的大名。但是这儿并没有罪案发生……而且,我们也不愿看到罪案发生。可是要在案件发生之前去侦破它,那的确是个大难题。

"我们的首要目标是什么?是小姐的安全。这并不容易,是的,太难了,黑斯廷斯。我们没办法从早到晚一直盯着她,甚至派一个全副武装的警察去当保镖也做不到。我们总不能待在姑娘的闺房里过夜。想想这件事有多难。

"不过我们可以做到一件事,就是给凶手制造困难。我们可以让小姐提高警惕,还可以在她身边安排一个跟她形影不离的证人。要突破这两道防线,凶手得是个非常聪明的家伙才行。"

他顿了一顿,接着用一种完全不同的语气说道:"黑斯廷斯,可是我担心……"

"担心什么?"

"我担心……担心凶手恰恰就是个老谋深算的家伙。这个想法让我坐立不安。唉,非常不安。"

"波洛，"我说道，"听你这么一说，我都紧张起来了。"

"我也很紧张。听我说，我的朋友，那份报纸，就是刚才那《圣卢先驱周报》有人打开看过。你猜是翻到哪一页？那一页上有一小段话：'入住宏大酒店的客人中有赫尔克里·波洛先生和黑斯廷斯上尉。'我们来假设一下——只是假设一下有人读过这个消息，他们知道我的名字……每个人都知道我的名字……"

"巴克利小姐就不知道。"我打趣地说道。

"她是个马虎大意的人，不算数。只要是一个严肃的人——一个罪犯——就一定知道我的名字，而且他会感到害怕！他会疑神疑鬼！他会问自己各种各样的问题。他已经三次企图夺走小姐的性命，而这时赫尔克里·波洛来了。他会问自己：'难道这是巧合吗？'他可能会害怕这并不是巧合。那么，接下来他会怎么做？"

"不露行迹，躲藏起来。"我提出了自己的看法。

"对，对。或者……如果他真的胆大包天，他就会立即下手，不再浪费一点时间。在我还没来得及查清楚之前——砰！小姐就死了。这种事情，胆大妄为的家伙是干得出来的。"

"为什么你认为是别人而不是巴克利小姐看了那段新闻呢？"

"不会是巴克利小姐。当我报上名号时，她没有丝毫反应，对我的名字连一点印象也没有，脸上的表情没有起任何变化。再说了，她跟我们说她打开报纸只是想看看潮讯，别的不看。但是那一页上并没有潮汐表。"

"你怀疑那幢房子里的人……"

"住在房子里的人，或者可以接近那幢房子的人。接近那幢房子并不难，窗户一直敞开着。毫无疑问，巴克利小姐的那帮朋友也可以进进出出。"

"那你有主意了吗？有什么怀疑对象吗？"

波洛双手一摊，说道："没有。就像我早先预见的，动机不明显。动机应该不明显……这样凶手就安全了……这也是今天上午凶手如此胆大妄为的原因。从表面上看，似乎谁也没有理由盼望小尼克死。为了财产？为了悬崖山庄？尼克死后房子会传给她的表哥……但是，难道他那么迫不及待地想要这幢已经抵押出去、破旧不堪的老房子？对他来说，这儿算不上是祖屋。要知道，他不姓巴克利。当然我们得去见见这位查尔斯·维斯，但怀疑他简直是太离谱了。

"接下来是那位太太……尼克的知心女友……眼神飘忽、神情迷离有如圣母的女人……"

"你也有这种感觉？"我不禁大吃一惊。

"她跟这件事有什么关系？她跟你说她的朋友喜欢撒谎——真是好心哪！她为什么要告诉你？是不是担心尼克会说出一些她担心的话？她跟那辆汽车有没有关系？还是她只是用汽车的事做个幌子，但真正担心的却另有其事？有没有人对那辆汽车动过手脚？如果有，那是谁？她是不是知道？

"还有就是那位英俊潇洒的拉扎勒斯先生。该怎么看他呢？他有豪华汽车，还有那么多钱。他跟这件事会不会有瓜葛呢？至于查林杰中校……"

"他完全没问题，"我赶忙说道，"这一点我可以肯定。他完全是个光明磊落的男子汉。"

"毫无疑问他受过你认为是正当的教育。幸亏我是个外国人，不会受这种偏见的影响，才能够更加客观地进行调查。但我也承认，很难发现查林杰中校与这些事情有什么关联。准确地说，我没有看到他有什么牵连。"

"当然跟他没有牵连。"我热切地说道。

波洛若有所思地看着我。"你对我的影响真是非同小可呀,黑斯廷斯。你有一种强烈的倾向,会把事情搞错方向,这几乎把我也带进去了。你是那种完全值得别人钦佩的人,忠厚老实、容易轻信、诚实正直,会不可救药地钻进坏人设计的圈套。你愿意把钱投入十分可疑的油田,或者根本不存在的金矿。正因为有成百上千个像你这样的人,骗子才能活得下去,才有容身之地。唉,看来我还得好好研究一下那个查林杰中校才对,你唤起了我的疑心。"

"我亲爱的波洛,"我生气地叫道,"太荒唐了!像我这样满世界跑的人……"

"却永远学不乖。"波洛遗憾地说道,"虽然奇怪,却是事实。"

"如果我真的是你说的那种容易受骗上当的傻瓜,那我在阿根廷的农场又怎么会大获成功?"

"别生气,我的朋友。你的确在阿根廷有了很大的成功——是你和你的妻子。"

"贝拉,"我说道,"她总是听我的。"

"她的头脑和她的魅力一样突出,"波洛说道,"别争了,我的朋友。瞧,前面就是莫特修车厂,应该就是巴克利小姐说的那家修车厂吧。只要进去问几个问题,事情就清楚了。"

我们走了进去。波洛说他是巴克利小姐介绍来的。在打听了一些有关租车的情况之后,波洛很自然地就把话题转到了不久前巴克利小姐汽车受损的事情上。

修车厂的老板一下子话多了起来,说这是他见过的最古怪的故障。他的解释很专业。我不懂机械,波洛也许连我都不如,但情况已经很明确了,那辆汽车被人动过手脚,方法很简单,干起来也用不了多少时间。

"看起来是这样,"当我们走出修车厂时波洛说道,"小尼克说得没错,有钱人拉扎勒斯先生却错了。黑斯廷斯,我的朋友,这一切真有意思。"

"现在我们该做什么呢?"

"如果来得及的话,我们到邮局去发份电报吧。"

"电报?"我问道,期待他的回答。

"对,"波洛说道,"是电报。"

邮局还开着。波洛拟好电文发了出去。他没有告诉我电报的内容,看来是希望我主动去问他,于是我偏偏忍住了不问。

"真气人,明天是星期天,"在我们离开邮局返回旅馆的路上,波洛说道,"我们只有到星期一早晨去拜访维斯先生了。"

"你可以到他家去呀。"

"那当然。但这正是我不想做的事。我宁愿到他的办公室去,问他一些专业的问题,以便形成对他的印象。"

"也好,"我想了想说道,"我觉得这样最好。"

"一个小小的细节就很能说明问题。比方说,如果今天中午十二点半查尔斯·维斯先生在他的办公室,那么在旅馆花园里向尼克开枪的人就不是他了。"

"那我们是不是应当查明其他三个人的不在场证明?"

"那可要难多了。他们当中的每个人都可以在短时间内离开同伴,从休息室、吸烟室、客厅,或者写字间的玻璃门跑出去,很快就埋伏在那姑娘的必经之路上,开枪之后又立刻跑回来。不过,我的朋友,我们也许还没有发现和掌握这出戏的全部出场人物。比方说那位可敬的埃伦太太,还有她那位我们至今没见着的丈夫。他们和尼克住在一起，会不会对尼克暗中怀恨在心，而我们毫不知情？还有住在门房的澳大利亚人，我们对他们也不了解。当然还有其他一些人，尼克的亲朋好友，尼克觉得没理由怀疑他们，所以就没对我们提起。黑斯廷斯，我总觉得这一切的背后一定还有我们不知道的事……到现在还没有暴露出来。我隐约觉得，巴克利小姐知道的情况比她告诉我们的还要多。"

"你是说她有所保留？"

"是的。"

"也许她是想保护什么人？"

波洛极力摇头。

"不，不。到目前为止，她给我的印象是完全坦诚的。我相信，在试图谋害她的这些情节上，她把所有知道的情况都说了出来。但还有别的一些事情……她认为与此无关的事情却没有讲。而我恰恰想知道这些情况。因为我——最谦虚地说——要远比那个小姐高明。我，赫尔克里·波洛，能在她视而不见的时候明察秋毫，我会找到其中的线索。可是，黑斯廷斯，我非常坦率并且谦卑地告诉你，我现在一点儿头绪也没有。我还在黑暗之中摸索，还没有发现一丝光明。一定还存在未知的东西……一些我还没有掌握的与这个案子有关的情况。是什么呢？我一定要搞清楚。到底是什么呢？"

"你会查清楚的。"我安慰道。

"但愿不会太迟。"他忧郁地说。

第五章　克罗夫特夫妇

那天晚上旅馆里有一场舞会。尼克·巴克利和她的朋友们一起到旅馆来吃晚饭，见到我们，她热情地打了个招呼。

她穿着一件绯红色的薄绸长裙，飘曳的裙裾拖在地上，露出了雪白的颈脖和双肩，黑亮的头发则胡乱地扎着。

"真是个迷人的小魔头！"我说出了自己的看法。

"跟她的朋友反差明显，嗯？"

弗蕾德丽卡·赖斯[①]则穿着白色的舞裙。她的舞姿慵懒，与尼克那股活泼劲儿截然不同，却也别有一番味道。

"她真美。"波洛突然说道。

"谁？你是说尼克？"

"不……是那个。她是魔鬼吗？还是天使？或者只是不快乐？谁也不知道。她是个谜。也许她什么也不是。不过我告诉你，我的朋友，

[①] 弗莱迪是弗蕾德丽卡的昵称。

她是一个引火人。"

"你这话是什么意思?"我好奇地问道。

他微笑着摇了摇头。

"你迟早会感觉到的。只要记住我说过的话就好了。"

旋即他站起身来,这让我吃了一惊。这时尼克和乔治·查林杰在跳舞,弗蕾德丽卡和拉扎勒斯刚刚跳完,回到他们的桌子旁坐下。接着,拉扎勒斯又起身走开了,那儿只有赖斯太太一个人。波洛径直朝她走去,我在后面跟着。

他直截了当地问道:"方便吗?"然后他拉过椅背,直接坐了下去,"趁你的朋友在跳舞,我很想跟你说说话。"

"哦?"她的声音听起来很冷淡,显得不感兴趣。

"太太,我不知道你的朋友是不是跟你说过。如果没有,我来告诉你吧:就在今天,有人想谋杀她。"

她那双灰色的大眼睛因为恐惧和惊讶而睁得更大了。两个黑色的瞳孔也变大了。

"你这话什么意思?"

"有人在这家旅馆的花园里朝巴克利小姐开枪。"

她忽然笑了——文雅的笑容中流露出既同情又怀疑的神情。

"是尼克跟你说的?"

"不,太太,是我碰巧亲眼所见。这就是那颗子弹。"

他拿出子弹给她看,她不由得往后一缩。

"可是,这个……"

"这不是尼克小姐想象出来的,你要明白。我敢保证,这种事还不止这一次。前些天就发生过好几次奇怪的意外。你应当听说过……哦,不,你也可能没听说过。你是昨天才来的,对吧?"

"是的，昨天。"

"来之前，我想，你是跟一些朋友在一起，在塔维斯托克。"

"没错。"

"太太，我想知道跟你待在一起的那些朋友叫什么名字。"

她扬起了眉头。

"有什么理由我该告诉你吗？"她冷冷地说道。

波洛立即做出一副天真无邪的惊奇模样。

"太抱歉了，太太。我真是太笨了。只是我在塔维斯托克有几个朋友，想问一下你有没有碰到过他们——布坎南，其中一个叫布坎南。"

赖斯太太摇了摇头。

"不记得了。我想我没碰到过他们。"她的语气友好多了，"别再提这些没劲的人了，还是说说尼克吧。谁朝她开枪？为什么要开枪？"

"我也不知道是谁开的枪——现在还不知道，"波洛说道，"不过我会把他查出来的。哎，不错，我会查出来的。我是……你知道吗，我是个侦探。我的名字是赫尔克里·波洛。"

"非常有名呀。"

"太太您过奖了。"

她不紧不慢地说道："那么，你要我做什么呢？"

我和波洛都吃了一惊，没想到她会那么主动。

"太太，我想请你照看好你的朋友。"

"我会的。"

"好，没别的事了。"

他站起身来，很快地鞠了一躬，然后我们回到了自己的座位上。

"波洛，"我说道，"你怎么把手里的牌全摊出来了？"

"还有什么办法，我的朋友？这么做也许不够机敏，却很稳妥。我不能冒险,反正有件事已经很明白了。"

"什么事?"

"前几天赖斯太太不在塔维斯托克。她会在哪儿?噢,我会查清楚的。要想瞒住赫尔克里·波洛根本就不可能。瞧,英俊的拉扎勒斯回来了,她正跟他说这事儿呢。他在偷看我们。他很聪明,只要看看他脑袋的形状就知道了。唉,但愿我知道……"

"知道什么?"他停顿了一下,于是我接口问道。

"知道星期一我才会知道的事。"他含糊地说了一句。

我看了看他,没说什么。他叹了一口气。

"你现在不再有好奇心了,我的朋友。以前……"

"有一些乐趣,"我冷冷地说道,"得不到的话对你有好处。"

"你是指——"

"不回答提问的乐趣。"

"唉,原来你是故意不问的。"

"正是。"

"唉,好吧,好吧,"波洛小声抱怨道,"你是爱德华时代小说家喜爱的那种坚强而寡言的人物。"

他像往常一样眨了眨眼睛。

不久,尼克从我们的桌旁走过。她离开了她的舞伴,像一只色彩斑斓的小鸟突然朝我们飞来。

"在死亡的边缘跳舞。"她轻快地说道。

"是一种全新的感受吧,小姐?"

"对,相当有趣。"

她朝我们挥了挥手,又飘然而去。

"真希望她没说这句话,"我慢吞吞地说道,"在死亡的边缘跳舞。

我不喜欢。"

"我知道,这句话准确反映了现实。这小家伙还是有勇气的嘛。挺好,有勇气。但糟糕的是,现在需要的不是勇气,而是谨慎。千万不能出差错!"

第二天是星期天。我们坐在旅馆前的露台上,大约十一点半时,波洛突然站了起来。

"来吧,我的朋友。我们做个小小的实验。我断定拉扎勒斯先生和赖斯太太已经开着汽车出去了,尼克小姐也跟他们在一起。风平浪静了。"

"什么风平浪静?"

"你会知道的。"

我们走下台阶,穿过一小片草地,来到一扇门前,门外有条小路通往海边。有几个刚游完泳的男女说笑着沿小路走上来,与我们擦肩而过。

等他们过去之后,波洛走到一个不起眼的小门前。小门的铰链锈迹斑斑,但门上的字模模糊糊还能够分辨,上面写着"悬崖山庄,私人住地"。四周没有一个人影,我们悄悄地走了出去。

我们很快就来到了悬崖山庄前的草坪上,附近没有一个人影。波洛走到悬崖边四下张望了一番,然后朝那幢房子走去。走廊上的落地窗敞开着,从这里我们直接走进了客厅。波洛没有在客厅里停留。他打开客厅的门进了前厅,在那里又沿着楼梯上了二楼,我紧跟在他身后。最后波洛一直走进了尼克的卧室,他在床沿上坐了下来,冲我点了点头,又眨了眨眼睛。

"瞧,我的朋友,多容易啊!没有人看见我们进来,也不会有人看见我们出去。想干什么就可以干什么,十分安全。比方说,可以磨一磨悬挂画像的绳子,让绳子在几个小时之后断掉。就算碰巧有人在房子前面看到我们进来,也不会引起怀疑——我们是这家主人的朋友嘛!"

"你是说我们可以排除是陌生人干的?"

"黑斯廷斯,正是这个意思。不会是哪个迷了路的疯子干的。我们必须围绕这幢房子下工夫。"

我跟在他身后离开了房间,谁都没有说话,我们都在想着心事。

在楼梯的转弯处,我们猛地停住了脚步。一个男子正走上楼梯。

看到我们,他也站住了。他的脸陷在阴影里看不清楚,但明显是一副受了惊的样子。他先开口,用威胁的口吻大声喝道:"我想知道,你们在这儿想干什么?"

"啊,"波洛说道,"先生……是克罗夫特先生吧?"

"正是。你们……"

"我们到客厅去聊聊好吗?这样会更好些。"

那人退了一步,猛地转身朝楼下走去,我们则紧跟在后面。进了客厅,波洛关上门,朝那人微微鞠了个躬。

"自我介绍一下,我是赫尔克里·波洛,乐意为你效劳。"

那人的脸色有一些缓和。

"哦,"他不紧不慢地说道,"你就是那位侦探。我听说过你。"

"在《圣卢先驱周报》上吗?"

"呃?不,我以前在澳大利亚时就听说过。你是法国人,对不对?"

"比利时人。这无所谓。这位是我的朋友,黑斯廷斯上尉。"

"很高兴见到你们。不过,你们来这儿有何贵干?出什么事了?"

"这要看'出事'这个词该怎么理解了。"

这个澳大利亚人点了点头。虽然头发秃了，也上了年纪，但他仍然相貌堂堂。他身材魁梧，脸庞宽大，下巴向前突出——在我看来是一张粗犷的脸，而这张脸上最引人注目的就是那对目光锐利的蓝眼睛。

"瞧，"他说道，"我是来给巴克利小姐送一些西红柿和黄瓜的。她那个园丁不中用——懒透了，什么也不种，就是个懒骨头。我和我太太——你看，我们受不了这个。我们是邻居嘛，总觉得应该相互关心。我们种的西红柿多得吃不完。邻居之间总该彼此照应才对，你们觉得呢？我就摘了些放进篮子，像往常一样从那扇落地窗进来，再把篮子放下。我正要回去，却听见上面有脚步声和说话声，我觉得很奇怪。附近这一带不太有小偷，但难保真的没有，所以我就想搞清楚。然后我看到你们俩从楼上下来，还稍微吓了我一跳。你说你是个有名的侦探，那么究竟是怎么回事？"

"非常简单，"波洛微笑着说道，"那天晚上小姐受到了惊吓，一幅画掉下来砸在她的床上。她可能对你说起过了吧？"

"是的，幸亏躲过了。"

"为了安全，我答应给她弄一根特殊的挂画用的链子。这种事绝对不可以发生第二次，是吧？她跟我说今天上午她要出去，不过我可以来量一量需要多长的链子。瞧，这很简单。"

波洛摊开双手，脸上露出孩子般的童真，堆满了最迷人的笑容。

克罗夫特松了口气。"就这些？"

"是的。你不必疑神疑鬼了，我们都是守法的良民——我和我的朋友。"

"我昨天是不是见过你们？"克罗夫特一字一句地说道，"昨天傍晚的时候。你们经过了我的小花园。"

"啊，不错，当时你在园子里干活，还跟我们打了个招呼呢。"

"是的。想不到……真想不到，你就是久闻大名的赫尔克里·波洛先生了。请问波洛先生是否有空？如果不忙的话，我想请你们到寒舍去坐坐……喝杯早茶，澳大利亚风味的。我还想让我的老太婆也见见你。她在报纸上读过你所有的事迹。"

"你太客气了，克罗夫特先生，我们现在没什么事，很高兴有此荣幸。"

"太好了。"

"你已经量好尺寸了吗，黑斯廷斯？"波洛转过身问我。

我说已经量好了，于是我们就随着这位新朋友一起离开了。

很快我们就发现克罗夫特很健谈。他跟我们说起他在墨尔本附近的家、他早年的奋斗历程、他和妻子如何相识、他的事业以及最后他的成功和发迹。

"后来我们决定去旅行，"他说道，"我们一直想来这个古老的国家，于是就来了。我们到这一带来，想看看能不能找到我妻子的一些亲戚，他们就住在附近。但我们谁也没找着。然后我们接着到欧洲大陆去旅行——巴黎、罗马、意大利的那些湖泊、佛罗伦萨等等地方。在意大利时，我们遭遇了一次铁路事故，我可怜的妻子受了重伤。真惨哪，不是吗？我带她看过最好的医生，但他们的看法都一样——除了时间没有别的办法，只能长时间卧床休息。她伤的是脊椎。"

"太不幸了！"

"真倒霉，可不是吗？唉，也只能这样了。她只有一个愿望，就是到这里来。她觉得如果有一个属于我们自己的小天地——小小的一个房子——情况就会好很多。我们去看过很多小房子，但大多是乱糟糟的，不像样子，后来总算运气好，找到了这间小房子。房子又好又安静，远离尘世，没有汽车开来开去，旁边也没有留声机骚扰。所以我马上就把这房子租下了。"

话刚说完,我们就来到了门房小屋。他用澳大利亚土话大喊了一声"喂!",里面也应了一声"喂!"。

"进来吧。"克罗夫特先生说道。进门之后又上了一小段楼梯,我们就来到了一间舒适的小卧室。长沙发上躺着一个肥胖的中年妇人,一头灰色的头发,笑起来很甜。

"你猜这位是谁,孩子他妈?"克罗夫特先生说道,"这位就是世界闻名的超级侦探赫尔克里·波洛先生。我把他带来跟你聊聊天。"

"哎哟,我真是高兴得无法形容了!"克罗夫特太太喊道,一边同波洛热情地握手,"我读过蓝色列车案件的详细报道,当时你也在那趟列车上。我还读过其他很多你侦破的案子的介绍。因为脊椎的毛病,我几乎读遍了所有的侦探小说,没有什么比读侦探小说更容易打发时间的了。伯特,亲爱的,叫伊迪丝把茶端上来。"

"好的,孩子他妈。"

"伊迪丝是护士,"克罗夫特太太解释道,"她每天上午过来照料我。我们没有请用人。伯特自己就是一流的厨师,料理家务也是一把好手。这些事情再加上那个小花园,就够他忙好一阵子了。"

"给,"克罗夫特先生端着一个茶盘又进来了,"茶来了。今天可是我们一生中的大日子呀,孩子他妈。"

"我猜你会留在这里吧,波洛先生?"克罗夫特太太一边欠身倒茶,一边问道。

"哎呀,是的,太太,我来这儿度假。"

"我肯定读到过一篇报道,说你已经退休了,你给自己永远放假啦!"

"唉,太太,你可不能轻信报纸。"

"嗯，这倒是大实话。这么说你还在干？"

"如果案子能引起我的兴趣。"

"你该不会是到这儿来探案的吧？"克罗夫特先生狡黠地问道，"无论干什么都可以说成是度假。"

"伯特，别再问这种让人发窘的问题了，"克罗夫特太太说道，"要不然他以后再也不肯来了。我们只是些普通人，波洛先生，今天你——你和你的朋友——肯来真是给了我们很大的面子，你不知道我们有多开心。"

她的喜悦如此自然率真，我不由得对她心生好感。

"那幅画的事情真是糟透了。"克罗夫特先生说道。

"那个可怜的姑娘差点被砸死。"克罗夫特太太心有余悸地说道，"她天性活泼，一住到这里，这里就生气勃勃。邻居们好像不太喜欢她，我也是听说的。但英国的小地方就是这个样子，他们不喜欢活泼快乐的女孩，难怪尼克不常住这里。她那个长鼻子的表哥还想说服她在这里好好安顿下来……唉，我真不知道该怎么说才好。"

"别在背后嚼舌头，米莉。"她丈夫说道。

"啊哈，"波洛说道，"无风不起浪，相信你太太的直觉吧！看来，查尔斯·维斯先生是爱上了我们的那位小朋友？"

"他对她十分痴迷，"克罗夫特太太说道，"但她不会嫁给一个乡村律师的。我没有责怪她的意思，再怎么说他也是个穷光棍。我倒希望她嫁给那个不错的水手……叫什么名字来着？查林杰。这会是一桩相当不错的婚姻。他年龄是比她大，但又有什么关系？稳定——这才是她需要的。现在她到处乱跑，甚至到欧洲大陆去，要么是一个人，要么就跟那个死气沉沉、怪模怪样的赖斯太太一起去。她是一位可爱的姑娘，波洛先生，我知道得很清楚。但我也为她担心。最近她看起来不大高兴，照我说，就好像撞见了鬼似的。真叫人担心！我有理由关心她，不是吗，伯特？"

克罗夫特先生有些突然地从椅子上站起身来。

"别再说这些了，米莉，"他说道，"波洛先生，不知道你们有没有兴致看一些澳大利亚的照片？"

接下来我们的拜访就没有什么值得一提的了。十分钟之后我们告辞离去。

"挺不错的，"我说道，"单纯、谦逊，典型的澳大利亚人。"

"你喜欢他们？"

"你不喜欢？"

"他们非常和善……非常友好。"

"那又怎么样？你话中有话，我听得出来。"

"他们好像太'典型'了，"波洛若有所思地说道，"用土话喊'喂'……坚持要给我们看那些照片……是不是有些表演得过头了？"

"你真是个疑心病很重的老家伙！"

"你说对了，我的朋友。我怀疑每个人……每件事。我担心，黑斯廷斯，很担心。"

第六章　拜访维斯先生

波洛早上吃的一贯是欧洲大陆式早餐。他总是说，看到我吃鸡蛋和熏肉就让他难受。他常常是在床上吃他的面包卷、喝他的咖啡，而我则自由自在地享受传统的英国式早餐：熏肉、鸡蛋和果酱。

星期一早上下楼时，我朝他的房间看了一眼。他正坐在床上，穿着一件花里胡哨的睡衣。

"早上好，黑斯廷斯。我正打算按铃叫人请你过来。这是我写的一张便条，你可不可以马上到悬崖山庄去一趟，把它交给小姐？"

我接过那张便条。波洛看了看我，叹了一口气。

"如果……如果你的头发是中分，而不是现在这样侧分，黑斯廷斯，你的样子就要匀称好看多了。还有你的胡子。如果你真的要留胡子的话，就得留像样一点的……像我这样漂亮的胡子。"

对他的提议，我好不容易忍住没有发作，赶忙收好便条离开了他的房间。

从悬崖山庄回来之后，我和波洛待在客厅里。这时有人通报说巴克利小姐要见我们，波洛便让那人带她进来。

她走进来时神情愉快，但我发现她的黑眼圈比以前更深了。她把手上拿着的一封电报递给了波洛。

"给，"她说道，"你准会高兴的！"

波洛大声念道："今天下午五点三十分到达。玛吉。"

"我的保姆和保镖要来了！"尼克说道，"但是你错了。听我说，玛吉没什么头脑，只适合做一些善事，而且一点幽默感也没有。要说发现暗藏的凶手，弗莱迪要比她强不止十倍，而吉姆·拉扎勒斯比弗莱迪更强。我总是觉得没有谁摸得透吉姆的底细。"

"查林杰中校呢？"

"哦，乔治！只要不是眼皮底下的事，他就什么也看不出来。不过一旦被他看到了，对方可就惨了。在最后决一雌雄的时候，乔治还是非常有用的。"

她脱下帽子，接着说道："我已经安排好了，会让你在便条里说的那个人进屋的。这件事怪神秘的。他是来安装窃听器之类的东西吗？"

波洛摇了摇头。

"不，不，跟科学仪器无关，小姐，我只是想知道一些事情而已。"

"哦，好吧，"尼克说道，"相当有趣，对吧？"

"你说呢，小姐？"波洛文雅地反问。

她转身背对着我们站着，看着窗外。过了一会儿，她又转过身来，脸上那种玩世不恭的神情全没了，像个孩子似的抿着嘴，竭力不让泪水流出来。

"不，"她说道，"一点儿也不有趣，真的。我怕……我很怕。以前我总以为自己很勇敢……"

"你是很勇敢，我的孩子，你的确是的。黑斯廷斯和我都钦佩你的勇气。"

"真是这样的。"我赶忙热情地插了一句。

"不,"尼克摇了摇头,"我并不勇敢。我受不了的是……是等待。一直不清楚接下来会发生什么,它又会怎样发生!而且还要等着它发生。"

"是的,是的……让人压力重重。"

"昨天晚上我把床拖到房间的正中间,紧锁门窗。今天我到这里来,走的是大路,我不敢……就是不敢再走那条穿过花园的近路。就好像我所有的勇气一下子全部没有了。再加上这个。"

"加上这个?你指的是什么,小姐?"

她沉默了片刻。

"我没有什么特别的意思。我想,大概就是报纸上说的那种'现代生活压力症'吧。喝太多的鸡尾酒,抽太多的香烟……诸如此类的事情,让我落到今天这种荒唐可笑的境地。"

她一屁股坐进一把椅子里,下意识地绞着纤细的手指。

"你对我不够坦诚,小姐。有事瞒着我。"

"没有……真的没有。"

"有些事情你没有告诉我。"

"哪怕是再细小的细节我都跟你讲了。"她很真诚地说道。

"关于那些意外……你遇到的那些袭击,你确实说了。"

"那么……还有什么呢?"

"可是你没有说出心里的一切……生活中的一切。"

她迟疑地说道:"难道有人能够……"

"啊!瞧,"波洛说道,面露得意之色,"你承认了!"

她摇了摇头,波洛满怀希望地看着她。

"也许,"他狡黠地提示道,"这算不上你自己的秘密?"

我看到她的眼皮跳了一下,但几乎是同时,她从椅子上蹦了起来。

"确确实实,波洛先生,关于这件蠢事,我已经把我知道的所有细节都告诉你了。如果你认为我还知道别人的什么情况,或者我对谁有了怀疑,那你就大错特错了。正因为没有怀疑对象,我几乎要发疯了。我并不傻。如果说这些意外不是意外,那我完全看得出干这些事的人就在我身旁……至少是哪个认识我的人。这才是可怕之处,因为我一点儿想法都没有,想不出这个人会是谁。"

她又走到窗口,站在那里朝外张望。波洛示意我别出声。我想他是希望趁那位姑娘自制力薄弱之时多套出一些线索来。

接着她换了一种语调,如梦呓一般说道:"你知不知道我一直有一种古怪的愿望?我爱悬崖山庄,总是想在那里编排一出戏。悬崖山庄本身就有……就有戏剧气氛。我仿佛看见各式各样的戏剧在那里上演。现在,那里就有一出戏剧在上演,只不过剧情不是由我掌握……我身在戏中!我只是一个角色!也许,我就是那个……那个在第一幕里就要死去的角色。"

她再也说不下去了。

"好了,好了,小姐,"波洛活泼开朗地说道,"不会这样的。这种想法不过是歇斯底里罢了。"

她转过身来,眼神锐利地看着波洛。

"弗莱迪曾经跟你说我歇斯底里吗?"她问道,"有时她是这么说我的,但你不能全信她说的话。有时候……她根本不知道自己在说什么。"

大家沉默了片刻。然后波洛提出了一个完全不相关的问题。

"告诉我,小姐,"他说道,"有没有人想买悬崖山庄?"

"你的意思是,卖掉它?"

"正是。"

"没有。"

"如果有人愿意出个好价钱,你会考虑卖掉吗?"

尼克考虑了一会儿,说道:"不,我想不会卖。除非出的价钱真的很高很高,不卖会变成傻瓜。"

"不错。"

"我不想把它卖掉,因为我喜欢它。"

"不错,我能理解。"

尼克慢慢地走到门口。

"对了,今天晚上放焰火,你们来不来?八点钟吃晚饭,九点半开始放焰火。你们可以在俯视码头的花园里看,景色会非常美。"

"我很高兴来。"

"当然,你们两位都要来。"尼克说道。

"多谢。"我说。

"只有举办聚会才能让我振作起来。"尼克笑了笑,转身离开了。

"可怜的孩子。"波洛说道。

他伸手拿起他的帽子,仔仔细细地掸掉帽子上的每一点灰尘。

"我们要出去吗?"我问道。

"不错,有些法律上的问题需要去咨询一下,我的朋友。"

"当然,我明白了。"

"像你这样的聪明人是不会不明白的,黑斯廷斯。"

维斯-特瑞范尼恩和威纳德联合律师事务所坐落在镇上的主街道上。我们上了二楼的一个房间,里面有三个职员正忙着写东西。波洛要求见一见查尔斯·维斯先生。

一个职员拿起电话说了几句,看样子得到了允许的答复,于是放下听筒对我们说维斯先生现在可以见我们。他领着我们走过走廊,在一扇门上轻轻敲了几下,然后站到一旁让我们进去。

维斯先生从一张堆满文件的大书桌后面站起来,向我们致意,表示欢迎。

他是一个脸色苍白的高个子年轻人,看上去很冷静。他戴着一副眼镜,鬓角的头发有些稀疏,给人一种高深莫测的感觉。

波洛对这次见面早有准备。他拿出一份还没签字的合同,然后向维斯先生提出了几个技术性的问题,请求他解答。

维斯先生的回答谨慎准确,很快就澄清了波洛的疑问,而且他还为波洛指出了这份合同中用词不当的地方。

"太谢谢你了,"波洛喃喃地说道,"你懂的,对外国人来说,这些法律文件的格式和用词永远是最搞不清楚的。"

直到这时,维斯才问起是谁介绍波洛到这里来的。

"巴克利小姐,"波洛马上答道,"是你的表妹,对吗?一位魅力无穷的小姐。我碰巧跟她说起我碰到的麻烦事,于是她就推荐我来找你了。星期六中午我来看过你——大概十二点半——但是你出去了。"

"是的,我记得的。星期六一早我就离开办公室了。"

"你那个表妹住那么大一幢房子,一定怪寂寞的吧?我听说她是一个人住。"

"是的。"

"维斯先生,恕我冒昧,那处房产有没有可能转手卖出去?"

"绝不可能,我可以这么说。"

"听我说,我不是闲着没事随便问问的,我有我的理由。我现在要找的就是这样一处房产。我很喜欢圣卢的天气。那幢房子看起来的确年久失修，我猜大概是没投入多少钱去修吧。这种情况下，小姐有没有可能考虑卖掉它？"

"根本不会，"查尔斯·维斯极其坚定地摇了摇头，"我表妹就像着了魔似的对这幢房子充满感情。什么都无法诱使她卖掉那处房产。你要知道，那是个祖屋。"

"这个我知道，不过……"

"绝对不可能。我了解我表妹。她迷恋那幢房子。"

几分钟之后，我们又回到了大街上。

"我的朋友，"波洛说道，"这位查尔斯·维斯先生给你什么印象？"

我想了想，最后说道："是个非常消极的人，消极得出奇。"

"你还会说他的个性不是很强吧？"

"对，没错。你下次再遇到他时，你会想不起来曾经在哪儿见过面。是很普通的那种人。"

"他的相貌的确不会给人留下深刻印象。那么，在我们和他的谈话中，你有没有发现有什么跟事实矛盾的地方？"

"有，"我慢条斯理地说道，"就是有关悬崖山庄出售的事。"

"没错。你会不会把巴克利小姐对悬崖山庄的态度说成是'迷恋'？"

"这么说太夸张了。"

"对，而且维斯先生不应该这么措辞。他正常的态度——作为一个有经验的律师——应该是有所保留，而不应该是夸大其词。但是他却说小姐对这幢祖屋像着了魔似的迷恋。"

"她今天早晨并没有给我这种印象，"我说道，"我觉得她讲到悬崖山庄时非常理智。显然，她只不过是喜欢那个地方而已。换作别人在她的处境里也会这样,除此之外再没有什么别的了。"

"所以,他们两个当中必定有一个说了假话。"波洛若有所思地说道。

"谁也不会怀疑维斯说谎。"

"显然,一个人要说谎总是有理由的。"波洛说道,"没错,他颇有乔治·华盛顿的气质。你有没有注意到另外一件事,黑斯廷斯?"

"什么事?"

"星期六那天十二点半,他不在他的办公室。"

第七章　悲剧上演

那天晚上，当我们来到悬崖山庄时，看到的第一个人是尼克。她身上裹着一件做工精细的龙纹日本式晨衣，一个人在前厅转来转去跳着舞。

"嗨，只有你们？"

"小姐……你说这话让我的心都凉了。"

"我知道这话太无礼了。只不过我在等他们把我做的衣服送来。他们答应过的，这帮浑蛋，一口答应的！"

"哎，梳妆打扮是件重要的事！今天晚上有个舞会，对不对？"

"对，看完焰火之后我们都会参加。我想大概都会去的吧。"

她的声音一下子低沉起来，但只过了一会儿，她又在笑了。

"永不放弃！这是我的座右铭。只要不去想，麻烦就不会来。今天晚上我又有胆量了，我要高高兴兴地痛快一场。"

楼梯上传来脚步声，尼克转过身去。

"嗨，玛吉来了。玛吉，这两位是侦探，要保护我免遭神秘杀手的杀害。你把他们带到客厅去吧，他们会把这一切都告诉你。"

我们依次和玛吉·巴克利小姐握了握手，然后她就领着我们进了客厅。我立刻就对她有了好感。也许是她那娴静的相貌吸引了我。用老眼光来看，她无疑是一个文静漂亮的姑娘，但看上去并不机灵。她基本没化妆，穿着也很朴素，只是一件老旧的黑色晚礼服。那对蓝色的眼睛里透着坦诚，说起话来慢悠悠的，也很好听。

"尼克把那些吓人的事跟我说了，"她说道，"她肯定是在夸大其词吧？谁会想到要去伤害尼克？这个世界上她根本就没有仇人。"

听得出她对此事有强烈的怀疑。她看了看波洛，眼神里流露出一丝不屑的意味。我深知对玛吉·巴克利那样的女孩来说，外国人总是要提防的。

"不管怎么说，巴克利小姐，我向你保证这一切都是真的。"波洛心平气和地说道。

她没说什么，却仍然满脸狐疑。

"今天晚上尼克好像回光返照①似的，"她说道，"真不知她是怎么搞的，疯得很。"

回光返照！这个字眼让我打了个哆嗦。而且，她语气中的强调也令我不安。

"你是苏格兰人吗，巴克利小姐？"我唐突地问道。

"我母亲是苏格兰人。"她解释道。

随后她打量了我一眼。我发现她的眼神比刚才看波洛时要温和多了。我觉得由我来解释这个案子比波洛更加合适。

"你堂姐表现得很勇敢，"我说道，"她决心像平常一样过日子。"

---

① 原文为 fey，是一个来自苏格兰语的单词，意为异常兴奋、疯癫，但其原意为被诅咒、怪异、注定死亡。

64

"也只能这样了,对吧?"玛吉说道,"不管你内心的感受是什么,大惊小怪总是于事无补的,只会让别人难受。"她顿了顿,又柔声说道,"我非常喜欢尼克,她对我一直很好。"

这时弗蕾德丽卡·赖斯翩然而至,所以我们也就没有什么好再说的了。赖斯太太穿了一件圣母马利亚穿的那种蓝色长裙,看上去羸弱无力。拉扎勒斯紧跟着进来了。然后,尼克也踩着舞步进了房间。她穿着一件黑色长裙,裹着一条有些年头的中国披肩,颜色鲜红,非常醒目。

"大家好,"她说道,"来点儿鸡尾酒吧?"

我们都喝起酒来。拉扎勒斯朝尼克举起了酒杯。

"这条披肩相当不错啊,尼克,"他说道,"很长时间了吧?"

"是的,是我曾曾曾叔公蒂莫西出门旅行带回来的。"

"真漂亮……真正的漂亮。几乎无与伦比。"

"披上它很暖和,"尼克说道,"看焰火时会很舒服,而且色彩艳丽——我讨厌黑色。"

"对呀,"弗蕾德丽卡说道,"尼克,以前我从没见过你穿黑色衣服。为什么你穿起黑色啦?"

"哦,我不知道,"那姑娘负气似的将身子扭向一边,但我注意到她的双唇突然扭曲了一下,好像感受到了痛苦,"需要理由吗?"

接下来我们到餐厅吃晚饭。这时出现了一个神秘的男仆——我猜多半是临时请来帮忙的。晚饭很普通,不过香槟酒却不错。

"乔治还没来,"尼克说道,"真讨厌,昨天晚上他不得不赶回普利茅斯。但愿他过一会儿就到,不要误了跳舞才好。我给玛吉找了个舞伴。模样还过得去,只是未必善解风情。"

窗外隐约传来一阵轰鸣声。

"嗨，该死的赛艇，"拉扎勒斯说道，"真是烦透了。"

"不是赛艇，"尼克说道，"是水上飞机。"

"我相信你是对的。"

"当然不会错，声音完全不同。"

"你打算什么时候去买一只这种大飞蛾，尼克？"

"等我发财了再说吧。"尼克大笑着说道。

"到那时，我猜你会飞到澳大利亚去，就像那个姑娘……她叫什么来着？"

"我很想……"

"我对她佩服得五体投地，"赖斯太太用她那慵懒的声音说道，"多勇敢呀，而且是单枪匹马！"

"我钦佩所有这些飞行员，"拉扎勒斯说道，"如果迈克尔·斯顿在他的环球飞行中获得成功，他就会马上成为当今的英雄。真可惜他出事了。像他这种人，英国可赔不起呀。"

"他可能还活着。"尼克说道。

"几乎不可能，现在连千分之一的可能性都没有，可怜的疯子斯顿！"

"他们一直叫他疯子斯顿，是吗？"弗蕾德丽卡问道。

拉扎勒斯点了点头。

"他出自一个疯狂的家庭，"他说道，"他的叔叔马修·斯顿爵士一个星期之前死了……也是个疯狂到极点的人物。"

"就是那个经营飞鸟圣地的疯子百万富翁吗？"弗蕾德丽卡问道。

"是的。他以前买了很多小岛。他痛恨女人。我猜他大概被女人甩过，所以就专心博物学了，聊以自慰吧。"

"你们为什么断定迈克尔·斯顿死了？"尼克固执地说道，"我看不出有什么理由要放弃希望……还没到时候。"

"对了，你认识他，不是吗？"拉扎勒斯说道，"我倒忘了。"

"去年我和弗莱迪在勒图凯见过他，"尼克说道，"他太棒了，不是吗，弗莱迪？"

"别问我，亲爱的。他是你的俘虏，不是我的。他带你飞过一次，对吧？"

"是的……在斯卡伯勒，真是妙极了。"

"黑斯廷斯上尉，你有没有坐过飞机？"玛吉彬彬有礼地问道。

我只好坦白说，来回巴黎一趟就是我对飞行的全部认识了。

忽然，尼克叫了一声跳起身来。

"我得去打个电话。你们别等我，时候不早了。我还请了很多人呢。"

她出去的时候我看了看表，正好九点。甜点送上来了，还有葡萄酒。波洛和拉扎勒斯在聊艺术。拉扎勒斯说，如今的画作就是市场毒药，很不好卖。他们又聊起家具和装饰品的一些新概念。

我极尽义务地陪玛吉聊天，但我得承认这姑娘很不健谈。她答话时很爽快，但不会主动开口。真是费劲。

弗蕾德丽卡安安静静地坐着，两个胳膊肘支在桌子上，吐出的烟圈在头发周围盘旋，看上去就像一个沉思天使。

九点二十分，尼克探头进来。

"出来吧，诸位！客人们成双成对光临啦！"

我们依言都站起身来。尼克正忙着招呼新来的客人，大概有十来位吧，只是大多数看起来都有点乏味。我发现尼克这个女主人当得相当称职。她收敛起她那套轻浮的时髦做派，礼数周全地招呼每一位来宾。在这群客人当中，我发现查尔斯·维斯也来了。

稍后，我们一起来到外面的花园，在那里可以俯瞰大海和港口。花园里已经摆放了几把椅子，是准备给年纪大的人坐的，但大多数人都站着看。这时,天空中绽放了第一束焰火。

忽然我听到了一个熟悉的大嗓门,回头一看,见尼克正在跟克罗夫特先生打招呼。

"太遗憾了,"她说道,"克罗夫特太太不能和你一起来。我们应该用担架什么的把她抬过来才好。"

"唉,可怜孩子他妈的命不好,但她从来不抱怨……她天性是最善良的……啊,这个好看!"一束焰火绽开,金黄色的雨点洒满天空。

这天夜里很黑——没有月亮,新月要三天后才会出来。而且,像大多数夏夜一样,今天晚上有些寒意。站在我旁边的玛吉·巴克利打了个哆嗦。

"我要去拿件衣服穿。"她轻声自言自语道。

"我去帮你拿吧。"

"不用了,你不知道放在哪儿。"

玛吉说着就转身回屋。这时弗蕾德丽卡在后面叫道:"喂,玛吉,帮我也拿一下,在我的房间。"

"她没听见,"尼克说道,"我去拿吧,弗莱迪。我也要穿件皮衣。这条披肩不够暖和。起风了。"

的确,海上吹来一阵阵冰凉的微风。

下面的码头上也放起了焰火。我和身旁一位老妇人攀谈起来。她逐条盘问起我的生活、职业、兴趣,还问我打算在这里待多久。

砰!又一道绿色的焰火在天空绽放。那些光芒在空中变换色彩,先是变成蓝色,再变成红色,最后又变成银色。

一道又一道的焰火在空中绽开。

"你听,'哦!''啊!'……到处是赞叹声,"波洛突然凑着我的耳朵说道,"到后面就越来越没劲了,你说呢?哇!草地都能打湿脚了!

我会着凉的。而且这种地方大概连药都搞不到！"

"着凉？这么美好的夜晚会让人着凉吗？"

"哼，美好的夜晚，美好的夜晚！你这么说，是因为没有下大雨吧？只要不下雨，你都会认为是美好的夜晚。但是我跟你说，我的朋友，要是有一支小小的温度计，你就知道是怎么回事了。"

"好吧，"我同意了，"我不反对加一件外套。"

"这才对嘛，我通情达理的朋友。"

"我去把你的外套也拿来吧。"

波洛一会儿抬起左脚，一会儿又抬起右脚，动作像只猫。

"恐怕我的脚已经湿了。你有没有办法弄一双橡胶套鞋来？"

我强忍住笑说道："没办法的。你总该明白，波洛，这种东西早就不生产了。"

"那我还是待在屋里吧，"他说道，"我才不愿意为了看热闹而伤风受凉呢。说不定还会生一场肺炎。"

我们朝那幢屋子走去，一路上波洛还在愤愤地嘀咕着。码头那边又传来一阵欢呼鼓掌声，一件新的展品现身了，我看是一艘船，从船头到船尾漆着几个字："欢迎游客们光临。"

"在内心，我们都像孩子一样，"波洛说道，"焰火呀，聚会呀，球赛呀……唉，甚至魔术呀，都只是骗骗我们的眼睛，我们却看得乐此不疲……"

这时，我一把抓住波洛的胳膊，另一只手指着前面。

我们此时离悬崖山庄不到一百码。前方，在我们和那扇落地窗之间，地上蜷缩着一个人，脖子上正裹着那条鲜红色的中国披肩……

"我的天哪！"波洛倒吸一口凉气，"我的天哪……"

第八章　致命的披肩

惊骇之中,我们一动不动地呆立在那里,虽然只有几十秒的时间,却好像过了一个小时。波洛甩开我的手向前走去,动作僵硬得就像机器人。

"还是出事了,"他喃喃说道,声音里有说不出来的痛苦,"尽管我们事事小心,但还是出事了。唉!我是个罪人,为什么没能保护好她?我应该预见到的,我片刻都不该离开她的。"

"别再自责了。"我说道。

可是我的舌头就好像打了结,连自己也听不清楚。

波洛只是伤心地摇了摇头。他在尸体旁边跪了下去。

突然之间我们大吃一惊。

我们听到了尼克的声音,又清晰又快乐,紧接着,明亮的窗户上就出现了尼克的身影。

"抱歉让你久等了,玛吉,"她说道,"怎么……"

她一下子说不出话来,怔怔地看着眼前的场面。

波洛猛地惊叫一声，把草地上的尸体翻了过来，我俯身过去查看。我看到的是玛吉·巴克利那毫无生气的脸。

很快尼克也走了过来，她发出了一声尖叫。

"玛吉……哦！玛吉！……不，不……"

波洛还在检查尸体。终于，他慢慢地站起身来。

"她……她是不是……"尼克说道。

"是的，小姐，她死了。"

"这是为什么？这是为什么？谁会想要杀害她？"

波洛的回答很干脆："他们要杀的是你，不是她！是你！他们被这块披肩误导了。"

尼克大哭起来。

"为什么死的不是我？"她痛哭道，"啊！为什么死的不是我？我宁愿死的是我。我现在不想活了，我情愿……去死。"

她挥舞着双臂，几乎控制不住自己，身体也有些摇摇欲坠。我赶紧伸手扶住了她。

"把她扶进屋里，黑斯廷斯。"波洛说道，"然后给警察打电话。"

"警察？"

"对！跟他们说有人被枪打死了。然后你就一直陪着尼克小姐，绝不能离开她。"

我点了点头，扶着半昏迷的姑娘从落地窗费力地走进了客厅。我把她放在沙发上面，在她的头下塞了个软垫，然后赶忙跑到前厅去找电话。

我差点儿一头撞上了埃伦。她站在那儿，顺从可敬的脸上显露出一种十分奇怪的表情。她不停地眨动眼睛，舌头时不时地舔着干燥的嘴唇，双手似乎因为激动而不停地颤抖。她一看到我，就开口说道：

"先生，出……出了什么事吗？"

"是的，"我简单地说道，"电话在哪里？"

"别是……别是出了乱子吧，先生？"

"出了个意外，"我闪烁其词地说道，"有人受伤了。我必须打个电话。"

"谁受伤了，先生？"

她的脸上显出一种急切的神情。

"巴克利小姐。玛吉·巴克利小姐。"

"玛吉小姐？玛吉小姐？你确定吗，先生？我是说，你肯定……是玛吉小姐吗？"

"非常肯定，"我答道，"怎么啦？"

"哦……没什么。我……我还以为是别人。我以为可能是……赖斯太太。"

"好了，"我说道，"电话在哪里？"

"在那个小房间里，先生。"她替我开了门，并指给我看。

"谢谢，"我说道。见她似乎不愿走开，我又加了一句，"没你的事了，谢谢。"

"如果你想找格雷厄姆医生……"

"不，不，"我说道，"没别的事了，请自便吧。"

她勉强缓步退了出去，但很可能会在门外偷听。这时我也顾不上了，毕竟她很快就会知道一切的。

我接通了警察局，把情况做了报告，然后又自作主张给埃伦提到的那位格雷厄姆医生打了个电话。我是在电话号码簿里查到号码的。就算医生不能让躺在外面的那位可怜姑娘起死回生，但尼克总还是需要医生来照顾的。格雷厄姆医生答应马上赶到，于是我挂上电话，又回到了前厅。

如果埃伦刚才在门外偷听的话,她一定溜得极快。当我走出小房间时,一个人也没有发现。我回到客厅,尼克正想坐起身来。

"你觉得……你可不可以……给我一点白兰地?"

"当然可以。"

我赶忙到餐厅倒了杯白兰地给尼克。啜饮了几口之后,她稍稍振作了一些,双颊也有了点血色。我把枕在她头下的软垫扶正。

"真是……太可怕了,"她哆嗦着说道,"所有事情……所有地方。"

"我明白,亲爱的,我明白。"

"不,你不明白!你什么都不明白。全是白费劲!如果刚才死的是我,就全过去了……"

"你千万不要这样,"我说道,"别胡思乱想。"

她只是一味摇头。"你不懂!一点儿也不懂!"

她突然哭了起来,就像个绝望的小孩。也许让她哭一场也好,于是我也就没有去打扰。

等到外面的骚动略微平静下来,我便悄悄走到窗口向外张望。几分钟之前,我还听到外面响起各种声音。他们全都在那儿,在出事地点围成个半圆形,波洛则像个卫兵,不断地要求他们不要靠近。

正当我在张望时,两个穿制服的人穿过了草坪。警察到了。

我静静地回到沙发旁。尼克抬起布满泪痕的脸问道:"我是不是要做些什么?"

"不,亲爱的,波洛会料理的,交给他好了。"

尼克沉默了一两分钟,然后说道:"可怜的玛吉,可怜的好姑娘玛吉。她这辈子从没伤害过谁,这种事竟然会落到她的头上。我觉得好像是我杀害了她……是我把她叫来的。"

我惋惜地摇了摇头。未来的事谁又说得准呢？当初波洛坚持要求尼克叫一个人过来陪她，他哪里知道自己正在给一个毫不相识的姑娘签发死亡证书呢？

我们默默地坐着。我很想知道外面的情况，但还是忠实地执行波洛的指示，坚守自己的岗位。

等到波洛和一位警官推门进来时，我觉得好像已经等了好几个小时。和他们一起进来的还有一个人，无疑是格雷厄姆医生。他立刻走到尼克的身边。

"你感觉怎样，巴克利小姐？一定是吓坏了吧。"他伸手给她搭了搭脉。

"还好。"

然后他转身对着我。

"她吃了什么没有？"

"喝了一点儿白兰地。"我答道。

"我没事了。"尼克打起精神说道。

"能回答几个问题吗？"

"当然可以。"

警官清了清喉咙，走到尼克身旁。尼克朝他惨然一笑。

"这次不是因为我违反交通规则了。"她说道。

我猜他们以前可能认识。

"这件事非常糟糕，巴克利小姐，"警官说道，"我感到很难过。幸好我们久闻大名的波洛先生也在这里，跟他在一起我们相当自豪。他很肯定地告诉我，说有天早上有人在宏大酒店的花园里朝你开过枪，是这样的吗？"

尼克点了点头。

"我以为那是一只黄蜂,"她解释道,"其实不是。"

"在这之前,你还碰到过其他一些奇怪的意外?"

"是的……接二连三地发生,至少有些奇怪。"

她把那几件事情简短地叙述了一遍。

"和我们听说的一样。但今天晚上你的堂妹怎么会披上你的披肩呢?"

"我们进屋来拿衣服——在外面看焰火确实有些冷。我先是把披肩扔在沙发上,然后跑到楼上去换我现在穿的衣服——薄薄的海狸鼠皮衣。我还帮赖斯太太从她的房间里拿了一条披肩,就是靠窗边地板上的那一条。这时玛吉说她找不到自己的外套了。我说一定在楼下,她就下楼去找,结果还是没找到。我想肯定是落在车上了。她要找的是一件粗花呢外套,她没有皮的。然后我说我可以给她拿一件我的穿。可是她说不用了,如果我不用的话,她想披我那条披肩。我说当然可以,但就怕不够暖和。她说够了,因为约克郡比这儿要冷多了。她随便披上点就行。然后我说没问题,叫她再等一会儿我就出去了。但是当我出来……出来时……"

她再也说不下去了。

"别难过,巴克利小姐。请告诉我,你听见的是一声枪响还是两声?"

尼克摇了摇头。

"没听见……我只听到放焰火和爆竹的声音。"

"那倒是,"警官说道,"在这种情况下是听不到枪声的。有个问题我还想问一下,不过我觉得问了也是白问。关于那几次袭击你的人,你有什么线索吗?"

"我一点儿想法也没有,"尼克说道,"我实在想不出。"

"你当然想不出，"那警官说道，"我觉得就是一个嗜杀成性的疯子干的。这件事太棘手了。好吧，小姐，今天晚上我就不再打扰了。对于你的不幸我深表同情。"

格雷厄姆医生向前走了几步。

"巴克利小姐，我建议你不要再待在这儿了。我跟波洛先生商量了一下，我知道有一家非常好的疗养院。你受的刺激太大了，需要彻底静养……"

尼克没有看他，而是把目光投向了波洛。

"是因为……因为我受了刺激？"她问道。

波洛走到她跟前。

"我希望你感到安全，我的孩子，而且我也希望你在一个安全的地方。那里会有一个护士，一个好得不得了的护士，她会整天在你身边。只要你醒过来招呼一声，她就会过来。懂吗？"

"嗯，"尼克说道，"我懂，但是你不明白。我不再害怕了，我根本不在乎了。如果有人一心想杀我的话，他一定办得到。"

"嘘，嘘，"我说道，"你太紧张了。"

"你不明白，你们谁也不明白！"

"我觉得波洛先生的安排很好，"医生轻声插了一句，"我开车送你去吧。我们还要给你吃点药，让你好好休息一夜。你看怎么样？"

"我无所谓，"尼克说道，"随便你们安排吧，我不在乎。"

波洛把手按在她的手上。

"我知道，小姐，我知道你的感受。我在你面前，心里满是羞愧和歉疚。我承诺过要保护你，但没有做到。我失败了，我后悔莫及。但请相信我，小姐，这次失败深深地刺痛了我的心。如果你知道我有多痛苦，你一定会原谅我的。"

"算了,"尼克仍然无精打采地说道,"不要怪自己了。我相信你已经尽了力。肯定没有人比你做得更好了。请别难过。"

"你真是宽宏大量,小姐。"

"不,我……"

话还没说完,乔治·查林杰就撞开门冲了进来。

"怎么啦?"他叫道,"我刚到就看见门外有警察,还听说有人死了。究竟是怎么搞的?看在上帝的分上,快告诉我。是……是尼克吗?"

他的语气如此痛苦,令人不忍卒听。我突然意识到,波洛和医生恰好挡住了他的视线,他无法看到尼克。

还没等别人来得及回答,他又重复了他的疑问。

"告诉我……这不是真的……尼克没有死吧?"

"没有,我的朋友,"波洛温和地说道,"她还活着。"

说完,波洛侧退了一步,于是查林杰看见了躺在沙发上的尼克。

有那么一会儿,查林杰似乎难以置信地瞪着尼克,然后,他像个醉汉似的踉跄了一步,嘀咕道:"尼克……尼克!"

他突然在沙发旁跪了下去,双手捂住脸,用沙哑的嗓音哭着说道:"尼克……我亲爱的……我以为你死了。"

尼克想要坐起来。

"没事了,乔治。别像个白痴,我很好。"

他抬起头来,四下打量。

"但是不是有人死了?警察说的。"

"是的,"尼克说道,"是玛吉,我可怜的好玛吉。啊……"

她的脸抽搐着。医生和波洛走上前来。格雷厄姆医生把她扶了起来,他们一起扶着尼克离开了房间。

"你越快躺到床上越好,"医生说道,"我马上就开车送你过去。我已经叫赖斯太太帮忙把你要用的东西包好了。"

不一会儿,他们就消失在门外了。查林杰抓住我的胳膊。

"我不懂,他们要把她带到哪儿去?"

我告诉了他。

"哦,我明白了。那么,黑斯廷斯,看在上帝的分上,快告诉我究竟是怎么回事。多可怕的悲剧呀!那可怜的姑娘!"

"先喝点儿酒吧,"我说道,"你都快崩溃了。"

"我才不在乎呢。"

我们走进餐厅。

"你瞧,"他放下兑苏打水的威士忌酒杯,说道,"我还以为是尼克呢。"

乔治·查林杰的感情是毋庸置疑的,再也找不到谁爱得比他更不加掩饰了。

第九章　十位嫌疑人

也许我一辈子也不会忘记那天回到旅馆之后夜里的情形。波洛在自责的时候所表现出来的痛心疾首令我震惊。他在房间里不停地踱来踱去，用他知道的一切脏话来责骂自己，对我的劝慰却充耳不闻。

"这就是太骄傲的结果，我受到惩罚了……是的，我尝到苦果了。我，赫尔克里·波洛，我自以为是了。"

"不，不要这么说。"我插了一句。

"谁想得到……谁想得到……对方居然有这么大的胆子？我自以为防范已经十分周全，我还警告过那个凶手……"

"警告过那个凶手？"

"是的。我到处亮相，表现出我已经有所怀疑的样子让他觉得不可以轻举妄动，或者我认为是这样。我在小姐的身边画出了一道警戒线，没想到竟然被他蒙混过去了！胆大妄为……就在我们眼皮底下！尽管我们加倍提防，凶手还是得逞了！"

"但其实他没有得逞。"我提醒他。

"只是侥幸而已！在我看来都是一样。一条生命被夺去了，黑斯廷斯……谁的生命不重要？"

"当然，"我答道，"我不是这个意思。"

"不过从另一个方面说，你的话也是事实。但这只有更糟……十倍的糟！因为对凶手来说，他还没有得逞。你明白吗，我的朋友？情况变了……变得更糟糕了。这也许意味着牺牲的不是一条人命，而是两条。"

"只要有你在，就不会这样。"我说得很坚决。

他停住脚步，紧紧地握着我的手。

"谢谢你，我的朋友，谢谢！你还是相信老朋友，你还是对我有信心。你给了我新的勇气。赫尔克里·波洛决不会再次失败的。再也不会有谁被夺去生命了。我会纠正我的错误——肯定什么地方出错了！看来我惯常的思考链条中缺了一环。我要从头开始，是的，从头再来。这一次我一定不会失败！"

"你确实认为，"我说道，"尼克的生命还在危险之中吗？"

"我的朋友，我把她送到疗养院还有别的原因吗？"

"这么说并不是因为受了刺激……"

"刺激！呸！在家里也可以恢复，何必到疗养院去？而且在家里可以恢复得更好。那里可一点儿都不好玩，地板上铺着绿色的油毡，护士们交头接耳、对伙食指指点点、无休止地洗洗涮涮。不，不，到那儿去是为了安全，纯粹是为了安全。我私下里跟医生谈过，他答应了我的要求，会把一切安排妥当的。任何人，我的朋友，甚至是她最亲密的朋友，在没有得到允许时都不可以去探望巴克利小姐。只有我们两人有这个权利。内外有别——就是这样！对别人说是'医生的命令'，这是很好的借口，没有谁会抗议的。"

"是啊,"我说道,"只不过……"

"只不过什么,黑斯廷斯?"

"只不过不能一直这样下去。"

"说得非常对。但至少我们有个喘息的余地了。你是不是已经意识到我们的任务有所改变了?"

"怎么改变?"

"最初我们是要确保尼克的安全。现在简单多了,你我都很熟悉了,就是要捉拿凶手。"

"你认为'简单多了'?"

"当然简单多了。就像那天我说的,凶手在作案的时候也留下了他的大名。那家伙已经公开露面了。"

"你不觉得……"我迟疑了一下,接着说道,"你不觉得那位警官说得有道理?他说是疯子干的,一个嗜杀成性的疯子。"

"现在我更不相信这种说法了。"

"你真的认为……"

我没有说下去,波洛则接过我的话茬儿严肃地说道:"凶手是尼克朋友圈里的人?是的,我的朋友,我是这么想的。"

"但是昨天晚上基本上排除这种可能性了。我们都在一起,而且……"

他打断了我的话。

"黑斯廷斯,你能发誓说绝没有谁离开过悬崖边上,没有离开过我们那群人吗?你能发誓说所有人你都一直看见了吗?"

"不,"我被他的话吓了一跳,缓缓地说道,"这个倒说不准。天很黑,每个人多多少少都在走动。我在不同场合下看到过赖斯太太、拉扎勒斯、你、克罗夫特、维斯……但不是一直都在注意……没有。"

波洛点了点头。

"完全正确。只是短短几分钟的事。两个姑娘进屋去了。凶手趁人不备溜过去,躲在草坪中央那棵无花果树后。然后尼克·巴克利,或者是他认为的尼克·巴克利,从屋里走出来,走过他身边不到一英尺的地方,他连开三枪……"

"三枪?"我插了一句。

"是的,这一次他丝毫不敢大意。我们从尸体上找到了三颗子弹。"

"这太冒险了,不是吗?"

"并不比开一枪更冒险。毛瑟手枪的声音本身就不大,很像焰火的爆裂声,而且混杂在那么多的焰火里,就更难发现了。"

"你找到手枪了吗?"我问道。

"没有,黑斯廷斯。这让我更加觉得凶手并非陌生人。我们之前就达成了一致,不是吗?尼克小姐的手枪被窃,只是为了杀害尼克之后制造自杀的假象。"

"没错。"

"只能是这个原因,不是吗?但是现在,你也看到了,不用假装成是自杀了。凶手知道这么做已经骗不了人了。事实上,我们的情况他全都了解。"

我思忖着,觉得波洛的推理很有道理。

"那么你认为他会怎样处理那把手枪呢?"

波洛耸了耸肩。

"很难说。旁边就是大海,只要手一挥,手枪就找不着了,永远不会被发现。当然我们不能百分之百确定,但如果是我的话,我就会这么做。"

他说话的语气就好像亲眼看见似的,我不禁哆嗦了一下。

"你觉得……你觉得他有没有发现杀错了人?"

"我敢肯定他当时没有发现,"波洛严肃地说道,"等知道真相,他一定会觉得不满意。要装作不动声色……实在不容易。"

这时我想起了女佣埃伦的奇怪反应,于是就把这个情况告诉了波洛。他听后大感兴趣。

"死的是玛吉,这让她很吃惊,是这样吗?"

"非常吃惊。"

"这就怪了。对谋杀这件事她显然不该吃惊。嗯,一定要好好调查一番。这个埃伦是什么人?极为安静,一副令人尊敬的英式做派。难道她是……"

他没有说下去。

"回顾一下这几件意外,"我说道,"可以断定凶手是一个男人,把石头推下悬崖是要用点力气的。"

"未必。可以利用杠杆原理。嗯,完全办得到。"

他继续在房间里徘徊。

"昨天晚上在悬崖山庄的人都有嫌疑,但后进来的那些客人……不,我觉得不会是他们中的某个人干的。他们大多数跟尼克只是泛泛之交。他们跟悬崖山庄的这位年轻女主人并没有什么交情。"

"但是里面有查尔斯·维斯。"我提醒道。

"是的,我们不会忘了他。从逻辑上说,他的嫌疑最大。"波洛做了个绝望的手势,然后一屁股坐进我对面的一把椅子里。

"瞧……我们总是要回到这上头来!动机!要想搞清楚这起罪案,我们就一定要找到动机,黑斯廷斯,但我至今仍然没有头绪。谁会有干掉尼克的动机呢?我甚至做出了最荒唐的假设。我,赫尔克里·波洛,竟然会退步到如此丢脸的境地,胡思乱想,就像一个编造耸人听闻情节的蹩脚小说家那样。尼克的祖父——老魔头——人们以为他把钱全赌光了,我问自己,他真的赌光了吗?是不是正好相反,他把钱藏在了悬崖山庄?埋在了地下某个地方?正是因为这样(我真是羞于启齿),我才问尼克是不是有人要出价买她的悬崖山庄。"

"听我说,波洛,"我说道,"我倒觉得你的这个想法挺新颖的。这其中可能有文章。"

波洛哼了一声。

"我就知道你会这么说!这种假设很符合你那浪漫但有些平庸的头脑。埋在地下的财宝……唉,你一定很欣赏这种想法。"

"哦,我不明白,这有何不可呢……"

"因为,我的朋友,越平淡无奇的解释越接近事实。我还想到了小姐的父亲,我对他的揣测就更不像话了。他四海为家。我跟自己说,有可能他偷了一块珠宝——比方说珍贵的上帝之眼。于是急红了眼的僧侣们一路追踪而来。瞧,我,赫尔克里·波洛竟然降格到如此地步。

"关于她的父亲,我还有过其他一些奇想,似乎更正经、更现实一些。他四处漂泊,是不是又结了一次婚?是不是存在一个比查尔斯·维斯更近的继承人?但是我又碰到了同样的难题——事实上并没有什么值钱的东西值得继承。

"我没有忽略任何一种可能性。甚至连尼克小姐提到的拉扎勒斯先生向她买画的事情也考虑到了——就是他想买她祖父画像的事。星期六我给一位鉴定家打了个电话,请他来估估价,就是那天早上我写给尼克小姐的便条里提到的那个人。比方说,假设那幅画像值好几千英镑呢?"

"难道你认为像拉扎勒斯那样的有钱人……"

"他有钱吗?外表说明不了问题。就算是招牌老店也可能徒有光鲜的外表撑门面。这种情况下他们会怎么办?到处哭穷?不,他们会买一辆崭新的豪车,比往常更加大手大脚。听我说,信用就是一切!但有时大公司会一下子垮掉——仅仅是少了几千英镑,因为周转不灵。

"哦,我知道,"不容我反驳,他接着说道,"这种说法是有点牵强,但相比复仇僧侣或埋藏财宝,这种猜测还更合理一些。不管怎么说,这种说法跟表面上的事实多少还有点关系。任何想法,任何有可能让我们接近真相的想法,都不容忽视。"

他小心翼翼地把面前桌上的东西一件件摆放整齐。过了一会儿他才开口说话,语气严肃,而且第一次显出了冷静。

"动机!"他说道,"让我们再回到这一点上,冷静并且有条不紊地研究一下。首先,谋杀动机有哪几种?是什么动机促使一个人要夺去另一个人的生命?

"我们暂且不论有怪癖的杀人狂,我绝对相信这个案件根本没有这种可能性。我们也可以排除冲动杀人。这次谋杀是冷血的蓄意杀人。那么它的动机是什么呢?

"首先是谋利。谁会因尼克之死而获利呢?直接获利或间接获利?好吧,我们先来看看查尔斯·维斯。从经济方面来说,他会继承到一笔不值得继承的财产。他也许会付清抵押款,然后在这块地上造几幢小别墅,最终得到一些薄利。这是可能的。如果这儿是他的祖屋,他对它充满感情,那么这幢房子对他还是有价值的。毫无疑问,有些人天生就依恋故土,据我所知,的确有因此而导致犯罪的案例。但是我看不出查尔斯·维斯有这样的动机。

"另外一个有可能获利的人是尼克的朋友赖斯太太。但很明显,那只有一点点钱。目前来看,除了他们两人,我实在看不出还有谁会因尼克之死而获得利益。

"下一个动机是什么呢?是仇恨……或者因爱而恨。是情杀。克罗夫特太太跟我们说,查尔斯·维斯和查林杰中校都爱上了这位年轻小姐。"

我笑着说道:"查林杰中校对尼克的爱慕之情我们都看到了。"

"对,这位老实的水手对感情没有丝毫的掩饰。至于维斯,我们只有相信克罗夫特太太的一面之词。现在想想看,如果查尔斯·维斯意识到自己处于劣势,他受到的刺激会不会让他觉得与其让尼克成为情敌的老婆,还不如干脆就杀了她?"

"这也太夸张了吧?"我疑惑地说道。

"你可能会说,听起来似乎不符合……英国人的习惯,这我同意。但英国人也有七情六欲。像查尔斯·维斯的这类人就最有可能。他是一个克制的青年人,往往不会轻易表露自己的情感,而且是内心最强烈的情感。我从不怀疑查林杰中校会因感情而杀人,不,他不是那种人。但查尔斯·维斯却有可能。只是这种怀疑并不能完全令我满意。

"还有一种犯罪动机,就是妒忌。我把妒忌单独拎出来,是因为妒忌不一定是异性之间的情感。它可能是一种……对财富,对权力的眼红。正是妒忌驱使你们伟大的莎士比亚笔下的埃古①成为一个最高明的罪犯——从专业的角度来说。"

"为什么说高明呢?"我马上岔开了话题。

"哎呀,借刀杀人呀。这样一个罪犯从来不亲自出马,要是在今天,你还真没办法将他绳之以法。但这并非我们现在要讨论的话题。反正,这个案子会不会是因为妒忌引起的?谁会妒忌尼克小姐呢?一个女人?那只有赖斯太太,但是据我们所知,她与尼克之间并没有在

---

①莎士比亚悲剧《奥赛罗》中的人物,设下陷阱诱使奥赛罗相信妻子不忠,终因嫉妒而杀妻并自杀。

较劲。但这也只是'据我们所知'而已。还有可能存在我们不知道的情况。

"最后就是惧怕。会不会尼克小姐抓住了什么人的把柄?是不是她知道了足以毁掉另一个人生活的事情?如果是这样,我敢肯定她本人还没有意识到这一点。但这种可能性还是存在的。确实有可能。如果是这样,那就非常麻烦了。因为她掌握了线索却不自知,也就无法告诉我们。"

"你真的认为有这个可能?"

"只是一个假设。我现在实在是找不到其他合理的假设。当你排除了其他可能性时,你只有认为剩下的是对的。既然别的都不是……就一定是这个了。"

他沉默良久。

终于,他从沉思中醒转过来,拿出一张纸,开始写起来。

"你在写什么?"我好奇地问道。

"我的朋友,我在列一张表,把尼克身边的人一一列出来。如果我的理论是正确的话,凶手一定在这张表里。"

他大概写了二十分钟,然后把这张纸推到我面前。

"瞧,我的朋友。说说你的看法。"

这张表是这样写的:

一、埃伦。

二、她当园丁的丈夫。

三、他们的孩子。

四、克罗夫特先生。

五、克罗夫特太太。

六、赖斯太太。

七、拉扎勒斯先生。

八、查林杰中校。

九、查尔斯·维斯先生。

十、？

评述：

一、埃伦。

可疑之处：听到凶杀案时的言行举止；最方便制造意外事故；最容易知道手枪藏在哪里。但破坏汽车似乎并非她所为，并且预谋犯罪的水平超出她的能力范围。

动机：无。除非因未知的事件引起了仇恨。

备注：需要进一步调查其身世及其与尼克之间的关系。

二、埃伦的丈夫。

可疑之处及动机同上。但有可能破坏汽车的刹车。

备注：应该与他面谈。

三、埃伦之子。

可排除嫌疑。

备注：应该与他面谈，或许能发现有价值的线索。

四、克罗夫特先生。

唯一可疑之处在于我们碰到的那次——他上楼打算进卧室。他的解释是不是真话？也可能是说谎。对此人身世一无所知。

动机：无。

五、克罗夫特太太。

可疑之处：无。

动机：无。

六、赖斯太太。

可疑之处：有充分的作案机会。是她要求尼克进屋去拿披肩。试图造成尼克总是说谎的印象，她对以前发生"意外"的说法不可信。意外发生时她不在塔维斯托克，她当时在哪里？

动机：谋利？可能性非常小。妒忌？有可能，但情况未知。惧怕？也有可能，但情况未知。

备注：应该和尼克谈谈这个话题，或许能找到启示。是否与赖斯太太的婚事有牵连？

七、拉扎勒斯先生。

可疑之处：有作案机会。曾经出价买画。认为尼克的汽车刹车没问题（赖斯太太说的）。星期五之前有可能在当地出现。

动机：无，除非求画心切。惧怕？不太可能。

备注：查明他在来到圣卢之前身在何处。查明亚伦·拉扎勒斯父子公司的财务状况。

八、查林杰中校。

可疑之处：没有什么有意义的。上星期一直在附近，因此有制造"意外"的良好时机。他于凶杀案发生后半小时来到现场。

动机：无。

九、查尔斯·维斯先生。

可疑之处：旅馆花园内枪击尼克时他不在办公室。有良好的作案机会。对出售悬崖山庄的说法可疑。性情压抑。有可能知道手枪的事。

动机：谋利？可能性较少。爱或恨？有可能。惧怕？不太可能。

备注：查明悬崖山庄抵押给谁。查明维斯所在的律师事务所的处境。

十、？

有可能是个局外人,但与前面的某个人有关联。比如可能跟第一个、第四个、第五个或第六个人有关。

如果存在这个局外人,那么可以解释:

1. 埃伦为什么对凶杀案不感到意外,并且有一种幸灾乐祸的感觉。(但也有可能是因为做用人的这一类人本身就对死亡事件有快感。)

2. 克罗夫特夫妇为什么租下冷僻的门房。

3. 赖斯太太可能存在惧怕或妒忌的原因。

波洛看着我读完纸上的这张表。

"很地道的英语,对吧?"他自夸道,"我写得比说得更好。"

"写得非常好,"我由衷地说道,"你把所有的可能性都列得一清二楚了。"

"是呀,"他把那张纸从我手里拿回去,若有所思地说道,"有一个名字很显眼,我的朋友,是查尔斯·维斯,他最有可能作案。两种作案动机都适合他。真的……如果这是一张赛马表,他肯定最受到赌客的欢迎,不是吗?"

"他当然最有嫌疑。"

"你有一个癖好,黑斯廷斯,情愿去相信最不值得相信的东西。毫无疑问,那是因为你读了太多的侦探小说。在现实生活中,十有八九,作案的人是动机最明显、可能性又最大的人。"

"但这一次你并不真的这样认为?"

"只有一件事情不吻合,那就是凶手的胆大妄为!从一开始就是这样。正如我说的,也是因为这个,动机才不可能明显。"

"对,一开始你就是这么说的。"

"我现在还这么说。"

突然,他把那张纸揉成一团扔在地上。

"不,"他说道,我赶忙阻止,"这东西没用处了,但它帮我理清了思路。条分缕析!这是第一步。把情况逐一罗列清楚。下一步……"

"是什么呢?"

"下一步就是运用心理学,发动大脑里的灰色脑细胞!黑斯廷斯,我劝你赶紧睡觉去吧。"

"不,"我说道,"除非你也去睡,否则我不会离开你的。"

"你真是太忠诚了!但是听我说,黑斯廷斯,你没办法帮我思考。那就是我现在要做的思考。"

我还是摇摇头。

"你可能会想跟我讨论讨论。"

"好吧,好吧,你真够朋友。那至少换一把舒服点的椅子吧,算我求你了。"

我同意了。很快,房间里的一切开始模糊起来。我记得的最后一件事,就是波洛小心翼翼地把他刚才扔在地上的那个纸团捡起来,又扔进了废纸篓里。

后来,我一定是睡着了。

第十章　尼克的秘密

我醒来时已经是大白天了。

波洛还是坐在昨天晚上的那个老地方，仍然是那个姿势，但脸上的表情不同了，他的眼睛闪烁着我熟悉的绿光，就像猫的眼睛一样。

我勉强坐直了身子，觉得浑身僵硬，怪不舒服的。像我这样的年龄，确实不宜坐在椅子上睡觉。它至少造成了一个后果——醒来之后毫无舒适感，仍然是之前昏昏欲睡的感觉。

"波洛！"我叫道，"你想出了什么没有？"

他点了点头，向前凑了凑，手指敲着面前的桌子，说道："黑斯廷斯，回答我三个问题。为什么最近尼克小姐睡眠不好？为什么她买了件黑色的晚礼服？——她从来不穿黑色的！为什么那天晚上她说'我现在不想活了'？"

我怔住了，对这些提问摸不着头脑。

"回答这些问题吧，黑斯廷斯，请回答吧。"

"好吧。先说第一个问题。她说过她最近很担忧，所以睡不好。"

"对。那她担忧什么呢?"

"至于黑色晚礼服……嗯,每个人都想换换口味吧。"

"你是一个结了婚的人,可是对女人的心理却几乎不懂。如果一个女人认定某种颜色不适合自己,她就再也不会去穿这种颜色的衣服。"

"好吧,最后一个问题……受了惊吓之后说这话本来就很正常嘛。"

"不,我的朋友,这么说并不正常。被堂妹的死吓得半死,并为此而自责,这的确很自然。但是说出那样的话来,就不自然。她用厌恶的口吻说到生命……从此生命对她来说不再可贵。然而,不久之前她绝对不是这种态度。她一直就玩世不恭,什么都不当回事。然后,当那些事情发生之后,她害怕了。注意,是害怕了,因为生命是甜美的,她不想死。但是说到厌世——不!绝对不可能!甚至在那天吃晚饭之前还不是这样。黑斯廷斯,这反映出她心理上的一个变化。太有意思了。是什么导致她对生命的看法发生了改变?"

"是她堂妹之死的惊吓。"

"我表示怀疑。惊吓让她打开了话匣子。但如果她的心理在以前就发生了变化,那么又是什么引起了这种改变呢?"

"我想不出。"

"想一想,黑斯廷斯,动动脑筋吧。"

"真的想不出……"

"我们最后一次有机会观察她是在什么时候?"

"嗯,大概是在吃晚饭的时候。"

"完全正确。在那之后,我们只看到她招呼客人,而且礼数周全。吃完晚饭,发生了什么事?"

"她去打电话了。"我缓缓说道。

"很好,你总算想到了。她去打电话,去了很长时间,至少有二十分钟。这个电话打得也太长了点儿。她在跟谁通话？说了些什么？是不是真的去打了电话？我们都要查明，黑斯廷斯，要查明那二十分钟里发生了什么事。我相信，只要查清楚，我们就会找到想要的线索。"

"你真的这样想？"

"没错，没错！黑斯廷斯，我一直跟你讲，尼克有些事没跟我们讲。她认为那些事跟谋杀无关，但是我，赫尔克里·波洛，懂得更多！我一直感觉少了一环。如果不是少了什么，为什么我现在还没搞清楚？既然我现在还没弄明白……是啊，那么我还没掌握的那个情况就是解开这个谜团的关键！我不会弄错的，黑斯廷斯。我必须知道那三个问题的答案，然后……然后……我就会明白的。"

"好啦，"我一边说着，一边伸了伸僵硬的手脚，"我得去刮刮胡子，洗个澡了。"

洗完澡换好衣服之后，我感觉好多了，因为睡得不舒服而造成的困顿感也一扫而光。我来到早餐桌前，心想喝上一杯热咖啡我就会完全恢复过来。

我瞟了一眼报纸，上面除了说迈克尔·斯顿之死已被证实之外，几乎没有可读的。唉，那勇敢的飞行员死了。我暗想，说不定明天的头条新闻会出现这样的惊人标题：《神秘惨案——焰火晚会红颜殒命》。

我刚刚吃完早饭，弗蕾德丽卡·赖斯就走到我的桌旁。她穿了一件软褶白领的黑色平纹绉纱朴素长裙，显得更白净漂亮了。

"黑斯廷斯上尉，我要见波洛先生，他起床了吗？"

"我现在就领你去，"我说道，"他应该在客厅。"

"谢谢。"

"我希望，"我们一起走出餐厅时，我说道，"你睡得还好吧？"

"我吓坏了，"她说道，仿佛有心事，"但是，当然啦，我不认识那位可怜的姑娘。不像我跟尼克那么熟。"

"我猜你以前从没见过那姑娘吧?"

"就见过一次……在斯卡伯勒。她过来跟尼克一起吃午饭。"

"这对她父母真是巨大的打击。"我说道。

"太可怕了。"

但是她说这话时显得非常冷淡。我觉得她太自私了,只要事不关己,就毫不在乎。

波洛已经吃过了早饭,正坐在那里读报。他站起身来,用他习惯性的法式礼仪欢迎弗蕾德丽卡的到来。

"太太,"他说道,"欢迎,欢迎!"说着他拖了把椅子过来。

她微微一笑表示感谢,然后坐了下来,两只手搁在扶手上。她直着身子坐在那儿,双眼直视前方,没有急于开口。这种沉默让人感觉有些不自在。

"波洛先生,"她终于开口说道,"我想,毫无疑问……昨天晚上发生的不幸同以前的没有什么两样,我是说……凶手针对的是尼克?"

"太太,当然毫无疑问。"

弗蕾德丽卡微微皱了皱眉头。

"尼克总是有神灵保佑。"她说道。

我听得出她话里有话,但不明白她是什么意思。

"大概是所谓的好运连连吧。"波洛说道。

"有可能。和命运对抗是没有用的。"

此时她的声音里只有厌倦。过了一会儿,她接着说道:"我必须请你原谅,波洛先生,也请尼克原谅。直到昨天晚上,我才相信这一切。我做梦也想不到竟然这么危险。"

"是吗,太太?"

"我知道每件事情都要仔细……调查,并且尼克身边的人都会成为怀疑对象。虽然可笑,但的确是实情。波洛先生,我说得对不对?"

"你非常聪明,太太。"

"那天你问了我一些塔维斯托克的问题,波洛先生。既然你迟早会知道,我还是现在就告诉你实情吧。当时我不在塔维斯托克。"

"不在,太太?"

"上星期一我和拉扎勒斯先生就开车到这一带来了。我们不想引起别人的闲话,于是就住在一个叫谢拉科姆的小地方。"

"那儿离这里大约有七英里远吧,太太?"

"差不多……是的。"

她的声音还是充满倦意。

"我可以冒昧问一问吗,太太?"

"现在还有什么冒昧不冒昧的?"

"太太,也许你是对的。那么,你跟拉扎勒斯成为朋友有多久了?"

"我是半年前认识他的。"

"你……喜欢他,太太?"

弗蕾德丽卡耸了耸肩。

"他……很有钱。"

"哦!"波洛叫道,"这话说出来就不大好听了。"

她好像觉得挺有趣。

"那还不如我自己来说吧,总比你替我说要好。"

"嗯……当然总是这样的。容我再说一遍,太太,你非常聪明。"

"你大概要送我一张奖状了吧。"弗蕾德丽卡说着站起身来。

"没别的事要告诉我吗,太太?"

"我想没有了……没了。我要带些花儿去看看尼克,不知她现在怎么样了。"

"啊,你真是太好了。太太,谢谢你的坦率。"

她眼神锐利地瞥了他一眼,欲言又止,然后转身走出了房间。我为她打开了房门,她冲我淡淡一笑。

"她很聪明,"波洛说道:"但赫尔克里·波洛也不傻!"

"你这话什么意思?"

"她是要强迫我接受'拉扎勒斯很有钱'这个印象……"

"我得说这让我很反感。"

"我亲爱的朋友,你总是把正确的观点用错了地方。现在不是争论情操是否高尚的问题。如果赖斯太太有一个富有并且能满足她一切欲望的挚爱男友,她根本没必要为了一点点微不足道的钱财去谋害她最要好的女友。"

"哦!"我说道。

"现在才明白过来?"

"你为什么不阻止她到疗养院去?"

"何必我来插手?是赫尔克里·波洛不让尼克小姐会见朋友吗?太笨了!是医生和护士。那些讨厌的护士!只知道规章制度,听从'医生命令'的护士。"

"你不怕护士会让她进去?尼克有可能坚持要见她的。"

"亲爱的黑斯廷斯,除了我们两个,谁也进不去。说到这个,我们现在还是就去看看尼克吧,越快越好。"

客厅的门被撞开了,乔治·查林杰闯了进来,满面怒容。

"喂,波洛先生,"他说道,"这是什么意思?我打电话到尼克住的那家该死的疗养院,想问问她的情况,还想知道什么时候方便去看她,但他们说医生不让任何人进去探望。我想知道这是什么意思。直说吧,是不是你干的好事?还是尼克真的吓出大病来了?"

"我跟你说吧,先生,我无权干涉疗养院的事;我没这个胆量。你为什么不打电话问问那个医生……他叫什么来着?哦,是格雷厄姆医生。"

"我打过了。他说尼克的情况跟预料的一样好——都是老一套。我知道这些把戏,我叔叔就是个医生,在哈利街①,是神经科专家、心理分析师……还懂其他一些什么。说一些安抚的话好把亲朋好友挡回去,这些我都知道。我不相信尼克的状况还不适合会客,肯定是你在里面捣鬼,波洛先生!"

波洛冲他温厚地笑了笑。的确,我总是发现波洛对热恋中的人向来有一种好感。

"现在听我说,我的朋友,"他说道,"要是一个人可以进去,其他的人就挡不住了。你明白了吗?要么全都可以进去,要么一个也不可以进去。我们希望尼克安全,你和我,对不对?没错!那你就明白了:一个都不能进。"

"我懂了,"查林杰慢吞吞地说道,"可是……"

"嘘!别再说了,甚至刚才说过的话也要忘掉。谨慎,绝对的谨慎,这才是现在特别需要的。"

"我可以守口如瓶。"水手轻声说道。

他转身走到门口,又停下来说:"花总可以送吧?只要不是白花。"

波洛笑了。

"现在,"见查林杰关上门,波洛说道,"趁查林杰、赖斯太太,也

---

①伦敦哈利街有许多名医居住。

许还有拉扎勒斯,他们都跑到花店去,我们赶紧悄悄地去疗养院吧。"

"去搞清楚那三个问题的答案?"我说道。

"是的,我们要问一问。不过其实我已经知道了。"

"什么?"我大叫道。

"是的。"

"你是什么时候知道的?"

"在我吃早饭的时候,黑斯廷斯,答案就出现在我的眼前。"

"告诉我吧。"

"不,你还是亲耳听听小姐的回答吧。"

然后,似乎为了引开我的好奇心,他把一封拆开的信递给我。

这是波洛请来鉴定老尼克·巴克利肖像画的专家寄来的鉴定报告。报告明确指出,那幅画最多值二十英镑。

"瞧,一个疑点澄清了。"波洛说道。

"这个老鼠洞里没有老鼠。"我说道,想起了以前波洛曾经说过的隐喻。

"哈,你还记得?对,正如你所说,这个老鼠洞里没有老鼠。只值二十英镑但拉扎勒斯却出价五十英镑。这个看似精明的年轻人,他的判断力可真糟糕。不过,我们该出发了。"

疗养院坐落在一个小山头上,可以俯瞰整个海湾。一个白衣看护领着我们走到楼下的一个小会客室,然后又来了一位手脚麻利的护士。

她一眼就认出了波洛。显然她已经得到了格雷厄姆医生的指示,并且知道这位矮个子侦探的外貌。她面露微笑。

"巴克利小姐晚上睡得很好,"她说道,"请跟我来吧。"

在一间阳光充足,布置得十分舒适的房间里,我们见到了尼克。她躺在一张窄小的铁床上,看起来像个疲倦的孩子。她脸色苍白,双眼却有些发红,一副无精打采的样子。

"你们来了真好。"她毫无生气地说道。

波洛握住了她的双手。

"勇敢些,小姐,活着总是好的。"

这些话令她一惊。她仔细端详波洛的脸。

"哦,"她说道,"哦……"

"你现在还不肯告诉我,小姐,是什么事让你近来郁郁寡欢?是要我来猜吗?小姐,请允许我对你表示最深切的同情。"

她的脸一下子红了。

"原来你知道了。啊,现在谁知道了都无所谓,一切都成了过眼云烟,我永远也见不到他了。"

她失声痛哭起来。

"勇敢些,小姐。"

"我再也没有勇气了,在这几个星期里全用完了。我一直就抱着希望……直到最近……还是抱着一线希望。"

我怔怔地看着他们,一个字也没听懂。

"瞧可怜的黑斯廷斯,"波洛说道,"他不知我们在说些什么。"

她和我四目相对。

"迈克尔·斯顿,那位飞行员,"尼克说道,"我跟他订婚了……可现在他死了。"

第十一章　动机

我一下子呆住了。

我转向波洛。

"你指的就是这个?"

"是的,我的朋友。今天早上我才知道的。"

"你是怎么知道的?怎么猜出来的?你说吃早饭时答案就出现在眼前。"

"是这样的,我的朋友,就在报纸的头版。我想起了昨天晚上吃晚饭时的谈话……就恍然大悟了。"

他又转向尼克。

"你是昨天晚上知道消息的?"

"是的,听收音机。我借口说要去打电话,其实是想一个人去听听收音机……万一……"她把嘴边的话又咽了回去,"然后我就听到……"

"我知道,我知道。"波洛握住了尼克的双手。

"太可怕了。可是客人们都来了。我不知道该怎么应付过去,就像一场噩梦。我似乎灵魂出窍……举止却和往常一样,但是有些不自然。"

"是的,是的,我完全理解。"

"后来,当我去拿弗莱迪的披肩时……我一下子崩溃了,但还是马上振作了起来。玛吉一直在说要找她的外套,最后她拿了我的披肩出去了。我稍微补了点妆,也跟着出来了,可是她却……已经死了……"

"嗯,一定是严重的打击。"

"你不懂,当时我气极了!我宁愿死的是我!我想死……但我却活着,还不知要活上多久!迈克尔死了……淹死在太平洋里。"

"可怜的孩子。"

"我告诉你,我不想活了,我讨厌活着!"她失声痛哭起来。

"我明白,我全都明白。对我们每个人来说,小姐,总会遇到生不如死的时刻。但总会过去的……悲痛和忧伤都会过去的。我知道,你现在不会相信的,像我这样的老头子讲什么都没有用,都是废话。你是这样想的,废话连篇。"

"你以为我会忘记……然后嫁给别人吗?绝不!"

她坐在床上,双手紧紧地绞在一起,双颊泛着红晕,看上去十分凄美。

波洛温柔地说道:"不,不,我不是这个意思。你非常幸运,小姐,曾经被这么勇敢的人——一个英雄爱过。你是怎么认识他的?"

"在勒图凯……去年九月,快一年了。"

"后来你们订婚了。什么时候的事?"

"刚过圣诞节。不得不保密。"

"为什么呢?"

"因为迈克尔的叔叔,马修·斯顿老爵士。他只爱飞鸟,痛恨女人。"

"唉!真是不可理喻。"

"是呀,但我不全是这个意思。老马修脾气非常乖戾,认为女人会毁了男人。而迈克尔完全依靠他。他很喜欢迈克尔,为这个侄儿感到自豪。那架水陆两用飞机和环球飞行的费用都是他出的。这次环球飞行是他和迈克尔一生中最大的希望。只要迈克尔飞行成功了,他就可以在叔叔面前有求必应。就算到时候,老马修对我们的事大发雷霆,也不会真正有事。因为迈克尔已经成为世界闻名的探险英雄,他叔叔到头来一定会回心转意的。"

"是的,是的,我明白。"

"但是迈克尔说,如果事先走漏了风声,那就非常糟糕了。我们必须守口如瓶。我做到了,对谁也没讲……哪怕是弗莱迪。"

波洛叹息了一声。

"要是你告诉我就好了,小姐。"

尼克凝视着他。

"有什么区别吗?这跟神秘的谋杀案有什么关系呢?我向迈克尔保证过,我会守口如瓶。当然,这太痛苦了,焦虑和不安一直折磨着我。每个人都说我神经过敏,但我却有口说不出。"

"是的,我完全理解。"

"他以前也失踪过一次,是去印度飞越沙漠的途中。当时真叫人绝望,但后来化险为夷,他修好了飞机。我一直对自己说,这一次的情况也跟上次一样。大家都说他必死无疑……但我始终给自己鼓气,对自己说他一定会没事。然后……昨天晚上……"

她的声音越来越轻。

"直到那时你还一直抱着希望?"

"我也说不清,也许是不愿相信吧。最痛苦的是对谁也不能说。"

"是啊,我想象得到。你从没想过告诉谁吗?比如赖斯太太?"

"有时我非常非常想。"

"你想她会不会猜到了?"

"我想不会,"尼克思忖着说道,"她从没提过。当然她有时会做一些暗示,说什么我们是推心置腹的好朋友之类的。"

"当迈克尔的叔叔去世时,你也从没打算告诉她吗?他大概是一个星期前死的。"

"我知道,他是动手术之后死的。我原本是想说的。但这个时候说是不是太那个了?我是说,这么做是不是在显摆……在这么敏感的时候,所有的报纸都在报道迈克尔的消息。如果我说出来,记者们就会蜂拥而至。这么做太丢人了,迈克尔知道了肯定会不高兴。"

"我赞同你的想法,小姐。你不能公开宣布。但我想你可以私下里告诉朋友。"

"我确实对一个人暗示过,"尼克说道,"我觉得这样才公平。但不知道那个人听懂了没有。"

波洛点了点头。

"你和你表哥维斯先生的关系好吗?"他突然换了个话题。

"查尔斯?你怎么会想到问他?"

"随便问问而已。"

"查尔斯是个好心人,"尼克说道,"当然他也非常古板,从没离开过这一带。我觉得他对我并不是很满意。"

"唉!小姐,小姐!但我听说他也拜倒在你的石榴裙下呢!"

"对一个人不满意并不妨碍对这个人充满热情。查尔斯觉得我的生活方式是不安分的。他不满意我的鸡尾酒会、我的梳妆打扮、我的朋友圈子和我的言谈举止。但他还是觉得我很有魅力。我想,他总是希望改造我。"她顿了顿,然后眨了眨眼睛问道,"这些事你是从哪儿打听来的?"

"你可不要把我说出去,小姐。我和那位澳大利亚女士,克罗夫特太太聊过几句。"

"她倒是个可爱的老太太……只要你有时间听她瞎讲。都是些多愁善感的话题:爱情啦、家庭啦、孩子啦……婆婆妈妈的事情。"

"我也是一个守旧的多情绅士呀,小姐。"

"是吗?我倒觉得你们两位当中,还是黑斯廷斯上尉更多愁善感一些。"

我的脸一下子红了。

"他生气了,"波洛幸灾乐祸地说道,"不过你说得对,小姐。没错,你是对的。"

"胡说。"我生气地说道。

"黑斯廷斯有非常少见的纯洁天性,经常让我伤透了脑筋。"

"别胡说了,波洛。"

"首先,他见不得邪恶存在。然后,一旦真的见到,他就会表现出十足的正义凛然。总之,是非常少见的善良天性。不,我的朋友,我不会让你反驳的,你就是我说的这种人。"

"你们俩对我都非常好。"尼克温柔地说道。

"唉,小姐,这没什么。我们还有许多事要做呢。首先,你还得住在这里,你要服从命令,照我说的去做。这一点是没有商量余地的。"

尼克无可奈何地叹了一口气。

"你叫我做什么我就做什么,无所谓了。"

"现在你不能见任何朋友。"

"我无所谓,谁也不想见。"

"这对你来说是消极,但对我们来说却是积极的。好了,小姐,我们要走了,不再打扰你了,节哀顺变吧。"

他走到门口,握住门把手,然后又转过头来问道:"顺便问一下,你以前提到过你立了一份遗嘱。这份遗嘱在什么地方?"

"哦,大概放在什么地方了吧。"

"是在悬崖山庄吗?"

"是的。"

"是在保险柜里,还是锁在抽屉里?"

"唉,我真的不知道。总会在某个地方吧,"她皱起了眉头,"我的东西是随便乱放的。文件之类的东西很可能放在书房的写字台里,大多数的账单也是放在那里。遗嘱也可能在里面。要不然就是在我的卧室里了。"

"我可以去找找吗?"

"如果你想去,当然可以。随便翻好了。"

"多谢了,小姐。那我就打扰了。"

第十二章　埃伦

从疗养院出来时，波洛一句话也没说。等到了外面，他一把抓住我的胳膊。

"明白了吗，黑斯廷斯？现在明白了吧？哈！天哪！我说得对！我说得对！我一直都说缺了一环……就像拼图缺了一块。找不到这一块，整件事情就无法说通了。"

他那绝处逢生的欣喜模样让我完全摸不着头脑。我看不出有什么特别重大的事情发生。

"这件事一直就有，我却没有发现。我怎么发现得了呢？知道有事情存在……是的，没错……但不知道究竟是什么。唉！难上加难呀。"

"你的意思是，尼克和迈克尔的订婚跟这桩罪案有直接的关系？"

"你真的没看出来？"

"其实我真的没看出来。"

"怎么可能？它让我们知道了我们一直在寻找的东西——动机，隐藏得极深的动机！"

"我可能太笨了，但我真的没看出。你说的是妒忌之类的吗？"

"妒忌？不，不，我的朋友。是很平常的动机，必然的动机。我的朋友，是钱财！为了钱财！"

我怔怔地看着他。他冷静下来，接着说道："听我说，我的朋友。一个星期之前，马修·斯顿爵士死了，他是个百万富豪，英格兰最富有的人之一。"

"是啊，不过……"

"耐心点，我们一步一步来。他有一个侄子，对这个侄子他宠爱有加，我敢肯定，他把自己极为可观的财富留给了侄子。"

"但是……"

"不错……有一部分遗产会捐赠给他的鸟园，但大部分的财产将属于迈克尔·斯顿。关于迈克尔失踪的报道是从上星期二开始的……而在星期三，谋害尼克小姐的事情就开始了。黑斯廷斯，我们假设一下，迈克尔·斯顿在环球飞行之前立过遗嘱，里面说他会把自己的一切都留给未婚妻。"

"这纯粹是猜测罢了。"

"是猜测，没错，但肯定是这样。如果不是这样，所发生的一切就全然没有意义了。这可不是一笔微不足道的遗产，是一笔惊人的财富。"

我琢磨着沉默了片刻。照我看波洛的结论未免轻率，但我隐约觉得他说得没错，因为我深深佩服他那卓越的天赋。不过在我看来，还有不少情况需要得到证实。

"如果没有人知道他们俩订婚的事情呢？"我争辩道。

"呸！肯定有人知道。没有不透风的墙。就算不知道，猜也猜得出。赖斯太太就怀疑过，尼克小姐也承认了。也许她有办法证实自己的怀疑。"

"怎么证实?"

"首先,迈克尔·斯顿必然会跟尼克小姐通信,他们订婚已经有一段时间了。而尼克小姐随意惯了,总是把东西随便乱放。我都怀疑她这辈子有没有锁过什么东西。因此要证实总是有办法的。"

"弗蕾德丽卡·赖斯知道尼克小姐的遗嘱内容吗?"

"这就更不用说了。嗯,很好,现在范围缩小了。你还记得我列的那张表吗?从一到十的那份名单?范围现在就缩小到两个人了。我排除了用人,排除了查林杰中校……虽然他从普利茅斯到这儿花了一个半小时,而路程只有三十英里。我也排除了拉扎勒斯先生,虽然他愿意花五十英镑去买一幅只值二十英镑的画像(这一点的确有点奇怪,不太符合他的职业身份)。我也排除了那两位热心肠的澳大利亚人。现在就剩下两个人了。"

"一个是弗蕾德丽卡·赖斯。"我慢吞吞地说道。

我的眼前浮现出她的脸庞,浅色的头发,还有弱不禁风的身影。

"对,她的嫌疑最大。不管尼克那份遗嘱写得多么不严谨,她总归是剩余财产的继承人。除了悬崖山庄之外,其他一切都将落到她的手里。如果昨天晚上死的不是玛吉小姐而是尼克小姐,今天赖斯太太就是一个阔太太了。"

"我简直无法相信!"

"你是说你不相信这么漂亮的夫人竟会杀人对不对?其实陪审团里往往也会有人这么认为。不过你也许是对的,我们还有一个嫌疑对象。"

"谁?"

"查尔斯·维斯。"

"但他只能继承到房子呀。"

"是的,不过他可能还不知道。是他为尼克写的遗嘱吗?我想不是。如果是他写的,遗嘱就应该由他保管,而不是尼克所说的'总会在哪个地方吧'。所以,黑斯廷斯,对这份遗嘱他很可能一无所知,甚至以为她根本就没有立过遗嘱。这种情况下,他会以为自己能够以最近亲的身份继承尼克留下的一切财产。"

"这么一说,"我说道,"这种可能性就大多了。"

"黑斯廷斯,你这是在怜香惜玉。小说里就常常有邪恶的律师。一个律师,如果再加上一副冷淡的面孔,就更让人相信是他干的了。当然,从某些方面来看,维斯比赖斯太太更有嫌疑。他更有可能知道那把手枪放在什么地方,也更有可能是那个开枪的人。"

"还有把石头推下悬崖。"

"有可能。不过我也说过,利用杠杆原理把石头推下去,谁都干得了。何况那块石头滚下去的时机不对,没有碰着尼克,因此更像是女人干的。但是,在汽车刹车上动手脚又像是男人才想得出来……虽然如今很多女人也和男人一样熟悉汽车。从另一方面看,有利于维斯先生的也有几点。"

"比如说……"

"他不像赖斯太太那样有可能知道尼克小姐订婚的事情。还有,就是他显得太仓促了。"

"你这话是什么意思?"

"直到昨天晚上斯顿死亡的消息才得到证实,没有十足的把握却轻率行动,这与维斯作为职业律师的风格太不相符了。"

"对,"我说道,"女人才会过早下结论。"

"不错,女人正是如此。"

"尼克能逃过这么多次袭击,这太神奇了。简直不可思议。"

我突然想起弗蕾德丽卡说过的话——"尼克总是有神灵保佑",不由得哆嗦了一下。

"是呀,"波洛若有所思地说道,"而我却丝毫没有发挥作用。太丢脸了。"

"天意吧。"我喃喃地说道。

"唉!我的朋友,我从不把人的过错往上帝身上推。在你星期天早上做祷告的时候,在你说天意的时候……却没有想过,你真正想说的是上帝害死了玛吉·巴克利小姐。"

"真是的,波洛!"

"真是的,我的朋友!但我不会袖手旁观,说什么'上帝安排了一切,我无权干涉'。因为我深信上帝创造了赫尔克里·波洛,就是要我代他来出面干涉。这是我的天职。"

我们沿着羊肠小道走上悬崖,再穿过那道小门,走进悬崖山庄的花园。

"唉,"波洛说道,"这条路可真陡,走得我满身是汗,连胡子都乱了。接着说……对,我总是站在无辜者的一边。我站在尼克小姐这一边,因为她遇到了袭击;我也站在玛吉小姐这一边,因为她遭到了杀害。"

"现在你的对手是弗蕾德丽卡·赖斯和查尔斯·维斯。"

"不,不,黑斯廷斯,我并不抱成见。我只是说,目前看来是这两个人当中的一个干的。喷!"

我们走到了屋前的草坪上。一个男人正推着割草机,他的脸长长的,看上去相当蠢笨,眼睛也没有神采。在他身旁有个十岁左右的男孩,样子很丑,但看上去还算机灵。

这时，我忽然想起刚才并没有听到割草机的声音，想必这个园丁并不想累着自己，一直在休息。听到我们的声音，他才赶忙割起草来。

"早上好。"波洛说道。

"早上好，先生。"

"我想你是那个园丁，管家太太的丈夫吧？"

"他是我爸爸。"小男孩儿说道。

"是的，先生，"那个男人说道，"我猜你就是那个外国绅士，其实是一位侦探吧？我们年轻的女主人有什么消息吗？"

"我刚刚去见过她。她昨天晚上睡得很好。"

"刚才警察来了，"男孩子说道，"那位小姐就是在那儿被人杀掉的，就在台阶那儿。我以前看过杀猪，对吧，爸爸？"

"哦。"他父亲毫无表情地说道。

"爸爸在农场干活时常常杀猪，是不是，爸爸？我见过杀猪，我喜欢看杀猪。"

"小孩子总是喜欢看杀猪的。"那位父亲说道，好像在诵读一条颠扑不破的真理。

"那位小姐是被手枪打死的，"小男孩接着说道，"她不是被割断喉咙的，不是！"

我们朝屋子走去，谢天谢地，总算离开了那个残忍的男孩儿。

客厅的窗户敞开着。波洛一进客厅就拉铃。听见铃声，身穿整洁黑色衣服的埃伦走了过来。见到我们，她并没有感到奇怪。

波洛跟她说，我们已经得到尼克的允许，要查看一下这幢房子。

"很好，先生。"

"警察来过了？"

"他们说已经检查好了,先生。一大早他们就在花园里忙着。我不知道他们找到了什么没有。"

她正要走开,波洛又把她拦住了。

"昨天晚上当你听说巴克利小姐被枪杀时,是不是非常吃惊?"

"是的,先生,我吃惊极了。玛吉小姐是个好姑娘,先生。我想不到她竟然会被人杀掉。"

"如果被害的是别人,你就不会这样吃惊,是吗?"

"我不懂你这是什么意思,先生。"

"昨天晚上我到前厅来的时候,"我说道,"你马上问是不是有人出事了。你是不是盼着这种事情发生?"

她默然不语,手指摆弄着衣角。然后她摇了摇头,轻声说道:"先生们,你们不懂的。"

"不,不,"波洛说道,"我会理解的。不管你说什么,我都能理解。"

她疑惑地看了他一眼,终于下定决心相信了他。

"听我说,先生,"她说道,"这不是一幢好房子。"

我有些吃惊,不屑地瞟了她一眼。但波洛却似乎觉得她说的并非毫无道理。

"你是说这是一幢老房子吧?"

"是的,先生,不是一幢好房子。"

"你在这儿很久了吧?"

"有六年了,先生。不过,我小的时候就在这里的厨房帮忙了,那时老尼克还在世。那时候也是这个样子。"

波洛认真地听着。

"老屋子,"他说道,"有时总是有一股邪气。"

"没错,先生,"埃伦急切地说道,"一股邪气。还有坏念头和坏行为。就像房子里有腐烂的东西干掉之后的气味,先生,却没办法清除。是一种感觉。我知道这里迟早要出事的。"

"是啊,事实证明你是对的。"

"是的,先生。"

听得出她有一丝隐藏着的满足感,她那阴暗的预言得到了证实。

"但你没想到会是玛吉小姐。"

"这倒是真的,先生。没有人会恨她……我敢肯定。"

在我看来,她是话里有话。我希望波洛会顺藤摸瓜,但令我吃惊的是,他换了个话题。

"你没有听到枪声?"

"外面在放焰火,我没听见,吵得很。"

"你没出去看?"

"没有,我还没收拾好饭桌呢。"

"那个来帮忙的男仆没和你在一起吗?"

"没有,先生,他到花园去看焰火了。"

"但你没去。"

"是的,先生。"

"为什么呢?"

"我得把活儿干完。"

"你不喜欢看焰火?"

"不,先生,不是不喜欢。但你瞧,焰火要放两个晚上,第二天我和威廉休息,我们打算到城里去看。"

"我明白了。你听到玛吉小姐找她的外套,可是找不到?"

"我听到尼克小姐跑上楼,先生,还听到巴克利小姐在前厅说她找不到某样东西了。我听到她说,'好吧,我就用那块披肩——'"

"抱歉,"波洛打断了她的话,"你没有帮她去找外套……或者到车里去帮她拿?"

"我有自己的事要做呀,先生。"

"不错……毫无疑问两位小姐都没叫你帮忙,因为她们以为你到外面看焰火去了?"

"是的,先生。"

"这么说,以前你每年都到外面看焰火?"

她的脸一下子变得通红。

"我不懂你这话是什么意思,先生。没有谁不让我们到花园去。今年我不想去看,宁愿干完活就去睡觉,这是我的事呀,我想。"

"是呀,是呀。我并非有意冒犯你,你当然可以做自己喜欢的事。改变一下也是好的。"

他顿了顿,又接着说道:"还有一件小事,不知道你能不能帮帮我。这是一幢古屋,你是否知道这里面有没有密室之类的?"

"哦……有一块活动拼板……就在这个房间。我记得小时候看到过,只是记不得在哪儿了。也可能在书房里吧?我也说不准。"

"可以藏人吗?"

"不,先生,根本藏不下。像一个小小的橱柜……壁龛之类的吧,大约一英尺见方,先生,顶多就这么大。"

"唉!我说的不是这种东西。"

她的脸又涨红了。

"如果你认为我躲在什么地方……没有!我听到尼克小姐跑下楼梯,出了房子,又听到她呼喊,我就跑到前厅去瞧瞧……总之就是这样。这绝对是真的,先生,无可置疑的。"

第十三章 信

把埃伦打发走之后，波洛若有所思地转过脸来。

"我在想……她有没有听见那些枪声？我想她是听到了。她听到枪声，然后打开厨房门。她听到尼克从楼上下来走出去，然后她自己也跑到前厅，想看看发生了什么事。这都很正常。但那天晚上她为什么没有出去看焰火呢？我很想知道，黑斯廷斯。"

"你问她密室是什么意思？"

"只不过是想入非非而已，毕竟我们还没有解决第十个人的问题。"

"第十个？"

"对。就是那张表里的最后一个人。还没有确认的局外人。设想一下，那个人跟埃伦有某种关系，昨天晚上就到房子里来了。他（假设是个男的）藏在这个房间的密室里。一个姑娘从他身边走过，他以为是尼克，就跟着她出去……并朝她开枪。不，太蠢了！不管怎么说，我们知道这儿并无藏身之处。昨晚埃伦待在厨房也纯属偶然。来吧，我们去找找尼克小姐的遗嘱。"

客厅里并没有什么文件。我们又走到书房,房间里光线很暗,透过窗户看得到车道。书房里有一张古色古香的胡桃木写字台。

在这里我们费了一些时间。所有的东西都杂乱无章。账单和发票混在一起,请柬、催款单和朋友的来信也堆放在一起。

"我们来整理一下吧,"波洛毫不犹豫地说道,"分门别类。"

他说到做到。半小时之后,他终于满意了,所有的东西都分类整理完毕。

"这样才好。这么做至少有一个好处,所有的东西都仔细看过,不会有遗漏。"

"这倒是真的。但也没发现什么呀。"

"也许除了这个。"

他扔给我一封信。信里面的字又大又潦草,几乎不可辨认。

亲爱的,

晚会真是太美妙了。今天我懒得像条虫似的。你没去碰那玩意儿是明智的——以后永远也别碰,亲爱的。要想戒掉真他妈的太难了。我又要写信给男朋友,叫他快快弄点过来。什么鬼日子呀!

你的弗莱迪

"是去年二月份写的,"波洛想了想说道,"很明显她在吸毒,我一看她就知道了。"

"真的?我从来没往这方面想。"

"太明显了。你只要看她的眼睛,还有她反复无常的情绪,有时烦躁不安,有时毫无生气……没有活力。"

"吸毒会影响一个人的道德,是不是?"

"这是不可避免的。但我不认为赖斯太太是个瘾君子。她才刚刚开始……陷得不深。"

"尼克呢?"

"没有这种迹象。她有时可能会参加这种聚会,但只是为了好玩。她不吸毒。"

"很高兴是这样。"

我突然想起尼克曾说过弗蕾德丽卡有时"根本不知道自己在说什么"。波洛点点头,轻轻拍了拍手里的一封信,说道:"她指的无疑就是这件事了。好了,就像你所说的,这里不会有更多的发现了。我们到楼上尼克的卧室去吧。"

尼克的卧室里也有一张书桌,但里边的东西要少多了。在这里我们也没有找到遗嘱,只找到了她的汽车执照,还有一张上个月的红利券,其他就没有什么有价值的东西了。

波洛气恼地叹息道:"现在这些年轻的小姐毫无素质,条理啦、秩序啦,什么都没有。尼克小姐确实有魅力,但她徒有其表,绝对是个绣花枕头。"

说着,他又开始翻起柜子里的抽屉。

"波洛,"我有些困窘地说道,"那里面只有内衣。"

他惊讶地停了下来。

"有何不可,我的朋友?"

"你不觉得……我是说……我们不应该……"

他突然大笑起来。

"我可怜的黑斯廷斯,你绝对是维多利亚时代的老古董。如果尼克在的话,她肯定会这么嘲笑你的,会说你迂腐不堪!如今的年轻小姐才不在乎别人看到她们的内衣呢。胸衣啦、吊带啦,早已不是什么秘密了。在海滩上,你每天都可以在身边几英尺的地方看到一大堆这样的东西,又算得了什么呢?"

"我只是觉得没必要去翻别人的内衣吧。"

"听我说,我的朋友。很明显尼克小姐不会把自己珍贵的东西锁起来,如果她想藏什么……会藏到哪儿呢?一定是藏在袜子和衬裙下面。瞧!我们找到了什么?"

他拎起一捆用退色的红丝带扎起的信。

"如果没猜错的话,这就是迈克尔·斯顿先生写的情书了。"

他若无其事地解开了丝带,把那些信一封封拆开。

"波洛,"我反感地叫了起来,"你不能那么做,这可不是闹着玩的。"

"我确实不是闹着玩的,我的朋友,"他突然变得粗暴严厉,"我是在捉拿凶手。"

"是的,但这些私人信件……"

"对我来说也许没用……但也许也有用。我不会放过任何一个机会,我的朋友。来吧,你和我一起来读吧。两双眼睛总比一双要强些。你索性这样想好了:那个忠实可靠的埃伦早就对这些信烂熟于心了。"

我不喜欢这样。但在波洛看来,拆看私人信件也是顺理成章的,所以我只好拿尼克说过的那句话——"随便翻好了"——聊以自慰了。

这些信的间隔时间相当长,第一封信是去年冬天写的。

亲爱的,

新年来到了,我在计划将要做的一些事。一想起你真的爱我,我就沉浸在无限美好之中。你让我的生活有了全新的意义。

我相信我们都知道……从我们第一次相遇开始。祝你新年快乐，我可爱的姑娘。

你永远的迈克尔

一月一日

最亲爱的，

我多么希望能经常见到你！现在真是难受，不是吗？我讨厌躲躲藏藏的，但我跟你说过，这也是没有办法。我知道你多么痛恨谎言和隐瞒，我也是这样。但老实说出来则很有可能美梦破灭。马修叔叔非常忌恨早婚，坚信早婚会毁了男人的事业。好像你会毁了我一样，我亲爱的天使！

高兴一些吧，亲爱的，一切都会好起来的。

你的迈克尔

二月八日

我不该连着两天给你写信，但我还是忍不住拿起了笔。昨天我起飞的时候又想起了你。我飞过了斯卡伯勒，众神保佑的斯卡伯勒……世界上最美好的地方。亲爱的，你不知道我有多爱你！

你的迈克尔

三月二日

最亲爱的，

一切都准备好了，完全准备好了。如果能完成这次飞行（我一定能），我在马修叔叔面前就理直气壮了。但如果他不愿意，又有什么关系呢？很高兴你喜欢读我写的那篇讲信天翁号的长文章。

我多么想带着你一起飞行啊。等以后吧！但是看在老天的分上，别为我担心。事情不像听起来的那么危险。我不会死的，我知道你那么爱我。一切都会没事的，我亲爱的。

你最忠实的迈克尔

四月十八日

我的小天使，

你说的每个字都是对的，我会永远珍藏这封信。你在我的眼里如此高不可攀，如此与众不同。我爱慕你。

你的迈克尔

四月二十日

最后一封信没有日期。

最亲爱的，

我明天就要出发了。我极度振奋和激动，满怀成功的信心。信天翁号一切准备就绪，它不会让我失望的。

振作起来，我亲爱的，别为我担心。当然这里面有风险，但其实每个人的生活都在冒险。顺便告诉你，有人跟我说我应当立个遗嘱（这个人考虑周全，但完全是出于好意），所以我就写了——是写在半张便笺纸上，寄给了老惠特菲尔德。我没时间亲自送过去。有人以前跟我说过，有个人的遗嘱只有四个字："全给妈妈"，这样的遗嘱也是有法律效力的。我写的遗嘱跟那份类似。我记得你的真名叫玛格黛勒——瞧，我还不赖吧！立遗嘱时，有两个人做见证人。

别把遗嘱的事放在心上,好吗?(我只是顺便跟你说一下。)我不会出事的。我会在印度和澳大利亚这些地方给你发电报的。振作起来,一切都会顺利的。明白吗?

晚安,上帝保佑你!

迈克尔

波洛把信重新收拾好。

"你瞧,黑斯廷斯,我不得不看这些信……有些事情需要证实,我跟你说过的。"

"但你也可以通过其他途径来证实呀。"

"不,我的朋友,没有其他办法,只能采取这种方式。现在,我们有了非常宝贵的证据。"

"哪方面的?"

"现在我们知道了迈克尔曾立下了有利于尼克小姐的书面遗嘱。只要读了这些信,谁都会知道的。这些信这么随便放着,谁都有可能读得到。"

"埃伦?"

"埃伦当然看过,我可以肯定。等会儿我们出去时,不妨试试她。"

"但是遗嘱找不到。"

"嗯,这很怪。也有可能被扔到书架顶上,或者塞到花瓶里去了。我们必须想办法让小姐想起来,不过这里再也找不出什么了。"

我们下楼时,埃伦正在前厅掸灰尘。

我们从她身边经过,波洛愉快地向她道了声早安。走到前门时,他又转身说道:"我想,你已经知道巴克利小姐跟那个飞行员迈克尔·斯顿订婚了吧?"

她怔住了。

"什么？就是报纸上天天说的那个飞行员吗？"

"是的。"

"啊，我从没听说过。竟有这样的事。跟尼克小姐订婚。"

我们走出屋子后，我说道："她看起来真的非常吃惊。"

"是的，不像是假装的。"

"也许就是真的嘛。"我提出了我的看法。

"那些信就真的放在内衣下面几个月没动？不，我的朋友。"

"随便你怎么想吧，"我心里暗想，"不是每个人都是赫尔克里·波洛，没必要去刺探与己无关的事情。"

不过我没把这话说出口。

"这个埃伦……她是个谜。"波洛说道，"我不满意。一定有什么事我还没弄明白。"

第十四章　遗嘱失踪之谜

我们直接回到了疗养院。见到我们，尼克相当惊讶。

"是啊，小姐，"见尼克投来吃惊的目光，波洛说道，"就像变魔术一样，我又冒出来了。首先我要告诉你，我们把你的那些东西收拾好了，现在井井有条了。"

"是该整理一下了。"尼克忍不住微笑道，"波洛先生，你一直是一丝不苟的吧？"

"你问问我的朋友黑斯廷斯好了。"

那姑娘充满好奇地望着我。

我就跟她讲了一些波洛无伤大雅的怪癖——烤面包非得是从方方正正的一整条面包上切下来的不可；鸡蛋的个头要大小一致；反对打高尔夫球，认为只是"胡闹、全凭运气"，唯一还不错的竟然是开球区！最后我又跟她讲了一个著名的案件，侦破那个案件完全归功于波洛有收拾壁炉架上的装饰品的习惯。

波洛含笑听着。

"他像是在讲故事，不过，"等我说完，他说道，"总的来说是真话。你想想看，小姐，我总是苦口婆心地劝黑斯廷斯要把头发中分而不是侧分。你瞧他那个样子，一点儿都不对称，怪模怪样的。"

"那你看我也一定不顺眼啦，波洛先生，"尼克说道，"我的头发也是侧分的。想必你一定满意弗莱迪，她的头发是从中间分开的。"

"难怪那天晚上他对赖斯太太大献殷勤，"我不怀好意地说道，"现在我才明白了。"

"得啦，"波洛说道，"我到这儿来是有正经事要办的，小姐。你那份遗嘱我没找到。"

"哦，"她皱起了眉头，"真的很要紧吗？毕竟我还没死。人死了，遗嘱才重要，是吧？"

"说得对。不过我对你的这份遗嘱很有兴趣，而且我还有几个想法。小姐，再想一想。你会把它放在什么地方？你最后一次看到它是在哪儿？"

"我好像没有特别把它收起来，"尼克说道，"我从来就没有固定放东西的习惯。可能塞在哪个抽屉里了吧。"

"你有没有把它放进壁龛里？"

"哪里？"

"壁龛。你的女佣埃伦说，在客厅或者书房里有一个秘密的壁龛。"

"胡说，"尼克说道，"我从来没听说过。埃伦是这么说的吗？"

"对。她好像很早就在这幢房子里帮忙了。有人把那个壁龛指给她看过。"

"我倒是头一次听说。大概我祖父是知道的吧，但他从没跟我说起过。如果真有壁龛的话，我相信他会告诉我的。波洛先生，你肯定埃伦不是信口开河？"

"不，小姐，我也吃不准。我觉得你那位埃伦有一些古怪。"

"哦？我倒不认为。威廉是个白痴，他们的儿子凶恶残忍，不过埃伦很好，值得尊敬。"

"小姐，昨天晚上你允许她出去看焰火，是吗？"

"当然啦。他们总是先出去看焰火，然后才回来收拾饭桌的。"

"可是她没有去看。"

"不，她出去了。"

"你怎么知道的，小姐？"

"哦……哦……其实我并不知道。我叫她出去看焰火，她还说谢谢我……所以，我想她一定出去了。"

"恰恰相反，她待在了屋子里。"

"可是……多怪呀！"

"你觉得怪？"

"是的，我敢肯定她以前不是这样。她有没有说原因？"

"我想她没有说出真正的原因。"

尼克疑惑地看着他。

"这……很重要吗？"

波洛摊开双手。

"我也说不出，小姐。这很奇怪，我只能这么说。"

"那个什么壁龛，"尼克琢磨着说道，"我也觉得古怪……叫人无法相信。她指给你在哪儿了吗？"

"她说她想不起来了。"

"我绝不相信有这种东西。"

"但听她的口气，好像是有的。"

"她一定是快疯了，可怜的人。"

"但她讲得相当详细。她还说悬崖山庄不吉利。"

尼克微微打了一个寒噤。

"这倒有可能被她说中了，"她慢吞吞地说道，"有时我也这么想。在那幢房子里总有一种不舒服的感觉……"

她的眼睛睁大了，黑色的瞳人显露出呆滞的、自觉命已注定的神情。波洛赶紧换了个话题。

"我们离题太远了，小姐。还是说说遗嘱吧。玛格黛勒·巴克利小姐的遗嘱。"

"我把这句话写进了遗嘱，"尼克有些得意，"我还写了'付清所有的债务和费用'。这句话我是从一本书里看来的。"

"你没有用正规的遗嘱纸？"

"没有，时间不够了。我当时正要住到疗养院去，况且克罗夫特先生说用遗嘱纸相当危险，不如写个简单的遗嘱，用不着那么正规。"

"克罗夫特先生？他也在场吗？"

"是的。就是他问我有没有立过遗嘱。我自己从来没想过这事。他说万一我死了——"

"没有遗嘱。"我插了一句。

"对，他说万一我死了却没有遗嘱，大部分财物就会充公，那太可惜了。"

"他的提醒很对啊，这位出色的克罗夫特先生！"

"是啊，"尼克热情地说道，"他还把埃伦和她丈夫叫来做见证人。唉！我多糊涂啊！"

我们困惑地看着她。

"我真是一个地地道道的糊涂虫，竟然叫你们到悬崖山庄去找。遗嘱在查尔斯那里，是的，在我表哥查尔斯·维斯那里！"

"嗯！这就说得通了。"

"克罗夫特先生说，律师最适合保管遗嘱了。"

"太对了，克罗夫特先生人可真好。"

"男人有时挺有用处的，"尼克说道，"律师或者银行家……他是这么说的。我就说查尔斯最合适了，后来我们就把遗嘱装进了信封，直接给他寄去了。"

她叹了一口气，身子往后靠在枕头上。

"很抱歉我竟然这么傻。好在总算想起来了，查尔斯拿了遗嘱，如果你们想看，他当然会交给你们的。"

"这需要有你的授权。"波洛微笑着说道。

"不至于吧。"

"不，小姐，只是为了谨慎。"

"好吧，我还是觉得多此一举。"她从床头的一个小架子上拿出一张纸。"我该怎么写？'请让人家也看看'？"

"什么？"

波洛露出一副怪相，我不禁大笑。

波洛只好口授，尼克一一写在纸上。

"谢谢，小姐。"他接过字条说道。

"抱歉给你们添了这么多的麻烦。但我真的想不起来了，有时候人会突然忘事儿的。"

"如果脑子里井井有条，就什么也不会忘记了。"

"教训得对，"尼克说道，"你让我很自卑。"

"这没必要。再见了，小姐。"他打量了一下房间，"你的花很美呀。"

"是吗？康乃馨是弗莱迪送的，玫瑰花是乔治送的，百合花是吉姆·拉扎勒斯送的,再看这个……"

她揭开了身边盖在一个大篮子上面的包装纸,里面满满地装着温室里种出来的葡萄。

波洛脸色一变,急忙走上前去。

"你没吃过吧?"

"还没有。"

"千万别吃。小姐,凡是外面送进来的都不能吃。懂吗?"

"哦!"

她怔怔地看着他,脸上渐渐地失去了血色。

"我懂了。你觉得……你觉得事情还没完。你觉得他们还会动手?"她低声说道。

波洛握着她的手。

"别去想了。这儿是安全的。不过记住……外面送来的东西千万不能吃!"

离开房间时我回头看了一眼,只见尼克靠在枕头上,脸色苍白,满脸的不安。

波洛看了看表。

"不错,时间刚刚好,还来得及在查尔斯·维斯出去吃午饭之前见到他。"

一到维斯的事务所,我们马上就被领进他的办公室。

这位年轻的律师起身迎接我们,和往常一样不动声色。

"早上好,波洛先生,有什么可以效劳的吗?"

波洛直接拿出了尼克写的纸条。他接过去看了看,然后抬起眼睛,莫名其妙地看着我们。

"对不起,我不懂这是什么意思。"

"巴克利小姐写得不够明白吗?"

"这里写的是,"他用指甲弹着那张纸,"她要我把去年二月份她立的,并委托我保管的遗嘱交给你。"

"不错,先生。"

"但是我亲爱的先生,她并没有把什么遗嘱交给我保管过!"

"什么?"

"据我所知,我表妹从没立过遗嘱,我也根本没有为她起草过遗嘱。"

"她是自己写的,写在一张便笺纸上,并且寄给了你。"

律师摇了摇头。

"如果是这样的话,我只能说我从来就没收到过。"

"真的,维斯先生……"

"我从没有收到过这样的东西,波洛先生。"

沉默了一会儿,然后波洛站起身来。

"维斯先生,那没什么好多说的了。肯定是出了什么岔子。"

"肯定的。"他说着也站起身来。

"再见,维斯先生。"

"再见,波洛先生。"

当我们又回到大街之后,我对波洛说道:"竟然会这样。"

"没错。"

"你认为他在撒谎吗?"

"不好说。维斯先生不仅脸上不动声色,而且他的内心也很难捉摸。但有一件事是肯定的,那就是他不会改口。他从没有收到过那份遗嘱,他会坚持这一点的。"

"尼克邮寄遗嘱,总该有一张收据吧。"

"这个孩子才不会想到要收据呢,她把它寄出去就抛到脑后了。就是这样。何况那天她急着要住到疗养院去割盲肠,哪里还顾得了别的。"

"那我们怎么办?"

"哎呀,我们去找克罗夫特先生,看看他还能想起什么。这件事就是他弄出来的。"

"无论如何,他从中也得不到什么好处。"我想了想说道。

"是的,是的。我确实看不出他有利可图。他可能只是好管闲事……喜欢去管邻居的闲事。"

我觉得这确实符合克罗夫特的性格。就是这种包打听的人让我们的生活是非不断。

我们来到克罗夫特家时,他正卷起袖子在厨房忙着。小屋里香气四溢。见我们进来,他马上放下了手中的锅铲,急着要跟我们聊一聊那桩凶杀案。

"请等一会儿,"他说道,"我们到楼上去吧。孩子他妈可有兴趣啦,要是我们在这里说,她肯定会恼火的。喂,米莉,两位朋友上来啦!"

克罗夫特太太热情地迎接我们,急着打听尼克的消息。相比她的丈夫,我更喜欢她一些。

"你说那可怜的姑娘还住在疗养院里?"她说道,"我敢肯定她一定是崩溃了。多可怕呀,波洛先生,可怕至极。一个无辜的姑娘被枪杀了,简直无法想象,真的。而且不是发生在什么蛮荒之地,就发生在这古老国家的中心!搞得我一晚上都睡不着。"

"现在我都不敢出门把你一个人留在这儿,老伴,"她的丈夫穿上外套也加入了谈话,"一想到昨天晚上你一个人待在家里,我就有些发抖。"

"你可不能再离开我一个人出去了，我跟你说，"克罗夫特太太说道，"天黑之后无论如何不可以。我还想离开这个地方呢，越快越好。我对这儿的想法再也不会跟以前一样了。我想，可怜的尼克·巴克利以后肯定不敢睡到她那幢老房子里了。"

把话题转到我们此行的目的看来有一些困难。克罗夫特夫妇非常健谈，而且急于知道一切。死者的家属来了没有？什么时候举行葬礼？会不会验尸？警方怎么想？有没有找到线索？据说在普利茅斯有人被捕，是不是真的？诸如此类。

在回答了所有这些问题之后，他们坚持要留我们吃午饭。波洛只好找了个借口，说是已经约好中午要赶回去和郡警察局局长一起吃午饭，他们这才作罢。

终于谈话出现了一个暂停，于是波洛赶紧提出了他的疑问。

"哦，"克罗夫特先生拉了拉窗帘绳，又把它放下，心不在焉地皱起了眉头，"我当然记得。大概是我们到这儿不久的事。我想起来了。盲肠炎……医生是这么说的……"

"可能根本就不是盲肠炎，"克罗夫特太太插嘴说道，"这些医生，只要可能，他们总是想给你来一刀，而你的病根本就不需要动刀。她大概只是消化不良什么的，他们就给她照 X 光，说还是开刀的好。就这样，那可怜的丫头就赶到那儿去了。"

"我只是随便问了一下，"克罗夫特先生说道，"问她是不是立过遗嘱。基本上是开玩笑吧。"

"后来呢？"

"她就马上动笔写了，还说要到邮局去买一张遗嘱纸，但我劝她不必小题大做了。有人跟我说过，立一份正式的遗嘱相当麻烦。反正她表哥是律师,以后他也可以为她起草一份正式的。当然,我知道不会有事的,只不过是预防万一而已。"

"见证人是谁?"

"哦,埃伦,就是那个女用人,还有她丈夫。"

"后来呢?这份遗嘱怎么处理的?"

"哦,我们把它寄给了维斯,就是那个律师,你知道的。"

"确实寄出去了吗?"

"我亲爱的波洛先生,是我亲自寄的。就投在门口的那个信箱里。"

"那么,如果维斯先生说他从没收到过这份遗嘱……"

克罗夫特怔住了。

"你是说邮局把它弄丢了?哦,这不可能。"

"反正你肯定是寄出去了?"

"千真万确,"克罗夫特先生认真地说道,"我可以发誓。"

"好吧,"波洛说道,"其实也不要紧,尼克小姐还活着呢。"

我们告辞返回旅馆。波洛说道:"好啊!谁在撒谎?克罗夫特先生,还是查尔斯·维斯先生?我得承认,我看不出克罗夫特先生有什么理由要撒谎。把遗嘱藏起来对他毫无好处,何况立遗嘱还是他的建议。不,他没有问题,他说得够清楚了,而且跟尼克讲的也吻合。但是……"

"怎么啦?"

"但是我很高兴我们去的时候他正在烧菜。在厨房桌子上的那张报纸上,他留下了油腻腻但相当清晰的拇指和食指指纹。我趁他没留意撕了下来。我会把指纹送到苏格兰场的杰普督察那里,请他去查一查。他有可能会告诉我们一些情况的。"

"什么情况?"

"听我说，黑斯廷斯，我总觉得这位和蔼可亲的克罗夫特先生有点好得过分了。现在，"他又加了一句，"我们去吃午饭吧，我饿得都快昏倒了。"

第十五章　弗蕾德丽卡的反常之举

波洛借口跟郡警察局局长有约看来并非完全是谎话。刚吃过午饭,韦斯顿上校就来拜访我们了。

他是个有军人风度的高个子,外表英俊,跟波洛显得相当熟,对他所取得的成就也表现出恰如其分的敬意。

"有你在这儿,真是我们的幸运啊,波洛先生。"他说了一遍又一遍。

他担心自己不得不求助于苏格兰场,其实他一心想独力侦破此案,抓获凶手。所以,有波洛在附近,令他颇感欣慰。

而波洛呢,就像我所断定的,也完全信赖这位上校。

"真是奇怪呀,"上校说道,"从没听说过这样的案子。嗯,那姑娘待在疗养院是足够安全了,但你不可能一直让她住在那里。"

"上校先生,难就难在这里。要解决,只有一个办法。"

"什么办法?"

"我们必须逮到凶手。"

"这可不太容易。"

"啊,这我知道。"

"证据!找到证据是极为可能的。"

他茫然地皱起眉头。

"没有一个案子不是困难重重,根本就没有定例可循。如果我们能找到那把手枪……"

"手枪很有可能在海底。也就是说,如果这个凶手稍微有点常识的话。"

"唉!"韦斯顿上校说道,"但凶手常常没有。有些人干出来的蠢事往往会叫你诧异。我说的不是凶手——这一带不常发生凶杀案,我很高兴能这么说——我说的是治安法庭的案子。这些人会蠢到让你叹为观止的地步。"

"他们的心智大概不同吧。"

"是的……也许吧。如果维斯就是凶手,呃,我们就很难继续了。他很谨慎,也是个稳健的律师,不会再轻举妄动。如果是那个女的就好办多了,十有八九她还会再犯。女人是没有耐心的。"

他站起身来。

"明天上午验尸,验尸官会跟我们合作,尽量不会声张的。我们现在要暗中进行。"

他朝门口走去,突然又转身走回来。

"天哪,我几乎忘了一件事,你肯定会感兴趣的,并且我要听听你的意见。"

他又坐了下来,从口袋里掏出一张有字迹的纸片,递给了波洛。

"我的手下在搜查花园时找到了这个,离你们看焰火的地方不远,这是他们找到的唯一有点儿用的东西。"

波洛把纸片摊平。上面的字写得很大,而且零零散散的。

"……必须马上弄到钱,不然的话,你……就将发生。我警告你。"

波洛皱起眉头,把纸片看了一遍又一遍。

"很有意思,"他说道,"可以交给我吗?"

"当然可以。上面没有指纹,如果你能有所发现,那我就太高兴了。"

韦斯顿上校又站了起来。

"我真的要走了。明天就要验尸了。对了,你不会被请去做证人,只会请黑斯廷斯上尉。我们不想让记者知道你也在办这个案子。"

"我明白。那个可怜的姑娘有什么亲戚吗?"

"她父母今天会从约克郡赶过来,大概五点半到。真可怜哪,我实在同情他们。他们打算第二天就把遗体带回去。"他摇了摇头,"这是件不愉快的事,我一点儿也不喜欢它,波洛先生。"

"谁会喜欢呢,上校先生?正如你所说的,这件事让人不愉快。"

他走了之后,波洛又检视了一遍纸片。

"有重要线索吗?"我问道。

他耸了耸肩。

"怎么说呢?这是一封勒索信!在那天晚上的晚会中,我们里面的某个人因为某种很不愉快的事而急需一笔钱。当然,也有可能是我们不认识的人。"

他透过一个小小的放大镜查看字迹。

"黑斯廷斯,你觉得这种笔迹眼熟吗?"

"我有点儿印象……啊!想起来了……是赖斯太太的信。"

"没错,"波洛缓缓地说道,"是很像,确实很像。这就奇怪了。不过我想这不是赖斯太太的笔迹。"这时有人敲门,他说道,"请进。"

来的是查林杰中校。

"我只是顺便过来看看,"他解释道,"想知道你们有没有什么进展。"

"哎呀,"波洛说道,"现在我倒觉得退步了,大踏步后退。"

"太糟了。但我不相信,波洛先生。我听说过你的事迹,你是个了不起的人物。大家都说你从没有失败过。"

"那不是事实,"波洛说道,"一八九三年在比利时我就失败过。还记得吗,黑斯廷斯?我跟你讲过,那个巧克力糖果盒的案子。"

"记得的。"我微笑着说道。当时波洛跟我讲了那件事情之后,又指示我说,如果今后我发现他得意忘形了,就跟他说"巧克力糖果盒"。而就在他刚说完仅仅过了一分零十五秒我就用上了,这下子令他恼羞成怒。

"哦,"查林杰说道,"那是老早以前的事了,不算。你会把这个案子查个水落石出的,不是吗?"

"这我可以发誓,赫尔克里·波洛是说话算数的。我是一条嗅到味道就绝不放弃追踪的猎狗。"

"好!那有什么想法没有?"

"我怀疑两个人。"

"我想我不该打听吧?"

"我也不会告诉你。听我说,我也可能弄错了。"

"我相信我有充分的不在场证明。"查林杰微微眨了眨眼睛说道。

波洛冲着面前这张古铜色的脸宽容地笑了笑。

"你是八点三十几分离开德文波特的,到达这里是十点过五分,也就是案发后二十分钟。但德文波特离这儿只有三十几英里,因为道路通畅,这段路程通常你只要一个小时就够了。所以,你瞧,你的不在场证明还是有漏洞的。"

"啊,我……"

"你要知道,我得查明每一件事情。依我看,你的不在场证明并不完美。不过除了不在场证明,还有其他一些情况对你有利。我想,你很想跟尼克小姐结婚吧?"

这个水手的脸一下子红了。

"我一直就想娶她。"他嗓音沙哑地说道。

"没错,是啊。但尼克小姐已经和另一个人订婚了。也许它会成为杀掉情敌的理由,但其实没有必要了……他已经像一个英雄似的死了。"

"这么说是真的了……尼克跟迈克尔·斯顿订过婚了?今天早上城里传得沸沸扬扬的。"

"是呀,消息传这么快可真有趣。你以前就从来没有怀疑过?"

"我知道尼克跟别人订了婚,两天前她告诉我的。但她没有说那个人是谁。"

"是迈克尔·斯顿。而且我想他给她留下了一大笔财产呢,不过这一点请不要让人知道。唉!我敢肯定,现在杀掉尼克完全不是时候。从你的角度来看。眼下她正在为恋人抹眼泪呢,但她的心总会平静下来。她还年轻,我想,先生,她对你又是青睐有加……"

查林杰沉默了一会儿。

"如果是……"他喃喃地说道。

这时传来敲门声。进来的是弗蕾德丽卡·赖斯。

"我一直在找你,"她对查林杰说道,"他们告诉我你在这儿。我想知道你有没有把我那块表拿回来。"

"哦,拿回来了,今天上午我去拿的。"

他从口袋里掏出一块手表交给她。这块表的样子很少见——圆圆的像个球,还配有黑色波纹图样的表带。我记得在尼克·巴克利的手腕上也见到过一块很像的表。

"我希望它现在能走得准一些了。"

"真烦人,它老是出毛病。"

"这玩意儿只是为了好看,太太,一点儿也不实用。"波洛说道。

"不能两全其美吗?"她挨个儿打量着我们,"我是不是打断了你们的谈话?"

"没有,太太,真的,我们只不过聊聊流言飞语……没有谈那件凶杀案。我们在说消息怎么会传那么快……现在每个人都知道尼克小姐跟死去的飞行勇士订婚了吧?"

"这么说尼克确实跟迈克尔·斯顿订婚了!"弗蕾德丽卡惊叫道。

"你大吃一惊,对吧?"

"有一点儿,但我不知道为什么。我确实知道去年秋天他对尼克有好感。他们老是在一起。但后来,圣诞节之后,他们之间好像冷淡下来了。据我所知,他们几乎不见面了。"

"这是个秘密,他们一直守口如瓶。"

"我猜是马修老爵士的缘故,他真有点老糊涂了。"

"你始终没有猜疑过吗,太太?你和小姐可是亲密无间的知己呀。"

"只要有必要,尼克一定会守口如瓶的,"弗蕾德丽卡喃喃地说道,"我终于明白了最近她为什么老是紧张不安了。唉!从她前几天说的话里我应当猜到的呀!"

"你那位年轻的朋友很迷人呢,太太。"

"吉姆·拉扎勒斯那小子有段时间也是这么想的。"查林杰冒失地大笑着说道。

"唉！吉姆……"她耸了耸肩，但我想她是生气了。

她转向波洛。

"告诉我，波洛先生，你有没有……"

她不再说下去，修长的身子摇晃起来，脸色也更加苍白了。她的双眼直盯着桌子的中央。

"不大舒服吗，太太？"

我拉了一把椅子过去，扶她坐下。她摇了摇头，低声说道："好了，没事了。"

然后她身子往前凑了凑，双手捧住了脸。我们不知所措地看着她。一会儿之后，她坐直了身体。

"多荒唐呀！亲爱的乔治，别那么担心。我们来说说那件凶杀案吧。说些刺激的话题。我想知道波洛先生是不是找对了路。"

"现在说还为时太早，太太。"波洛不置可否地说道。

"但你总有想法了吧，是吗？"

"也许吧。但我需要更多的证据。"

"哦！"她的声音听起来很含糊。

突然她站起身来。

"我头疼，得去躺一躺。也许明天他们会让我见尼克的。"

她很快就离开了房间。查林杰皱起了眉头。

"女人的心思永远也猜不透。尼克可能喜欢她，但我不相信她喜欢尼克。不过女人的事总是说不准，成天喊'亲爱的'，心底却可能在骂'该死的'。你要出去吗，波洛先生？"

这时波洛已经站了起来，正小心翼翼地掸着帽子上的零星灰尘。

"是的，我要进城去。"

"我没什么事，可以和你一起去吗？"

"当然可以。很荣幸。"

我们离开了房间。波洛说了一声抱歉又转身回去。

"我的拐杖。"出来后他说道。

查林杰微微后退了一步。那根拐杖镶着金色花边,的确很华美。

波洛首先去的是花店。

"我得给尼克小姐送一些花。"他解释道。

他是个相当挑剔的顾客。最后他终于选中了一个华丽的金色花篮,又买了许多橙红色的康乃馨,然后要求用蓝色的丝带扎起来,还打了一个巨大的蝴蝶结。

女店员给了他一张卡片,他在卡片上用花体字写道:"赫尔克里·波洛敬赠。"

"今天早上我送了一些花过去,"查林杰说道,"我应该再送一点水果才好。"

"没用的!"波洛说道。

"什么?"

"我说没用的。吃的东西不能送。"

"谁说的?"

"我说的。我定的规矩,尼克小姐已经牢牢记住了。她懂的。"

"老天!"查林杰说道,他怔怔地瞪着波洛,"原来是这样!你还在……害怕!"

第十六章　探访惠特菲尔德先生

验尸过程枯燥无趣，只涉及基本事实。先是验明死者的身份，然后由我作证发现了尸体，接着进行医学检查，一个星期之后再给出结论。

圣卢谋杀案已经成了报纸上的重大新闻。而在此之前，报纸上的大标题一直是"斯顿仍然下落不明，失踪飞行员生死未卜"。

现在斯顿已经证实死了，该有的悼念活动也举行过了，该是换一条大新闻的时候了。在八月份各大报章智穷才尽之时，"圣卢之谜"无疑是上帝恩赐给他们的最大礼物。

验尸结束后，我成功地避开了那些记者，跟波洛一起去看望贾尔斯·巴克利牧师和他的妻子。

玛吉的父母和蔼可亲，超凡脱俗，全无尘世的俗气。

巴克利太太看上去意志坚强，高高的个子，皮肤白皙，一眼就能看出她是北方人。她丈夫则身材瘦小，头发灰白，别有一番吸引人的风采。

两位可怜的老人完全被突如其来的不幸击垮了。他们失去了深爱的女儿,失去了"我们的玛吉"。

"我到现在还不懂,"巴克利先生说道,"多好的一个孩子啊,波洛先生。她这么文静,这么无私……总是为别人着想。竟然会有谁要去伤害她?"

"那份电报我也看不懂,"巴克利太太说道,"就在我们要送她走的头一天早上。"

"我们是中年丧子啊,"她丈夫喃喃地说道。

"韦斯顿上校对我们很好,"巴克利太太说道,"他保证尽一切力量抓到凶手。一定是个疯子干的,否则无法解释。"

"太太,我对你的同情无法言表……你的勇气也令我非常钦佩!"

"痛哭流涕并不能让玛吉复活。"巴克利太太忧伤地说道。

"我的妻子很了不起,"这位牧师说道,"她的信念和勇气远胜于我。只是太……太让人手足无措了,波洛先生。"

"我理解……完全理解,先生。"

"你是一个大侦探吧,波洛先生?"巴克利太太问道。

"他们是这么说的,太太。"

"我知道。甚至在我们边远乡村,你的大名也是家喻户晓。你会查明真相的,对吗,波洛先生?"

"不查明我绝不罢休,太太。"

"你会看到这句话应验的,波洛先生,"牧师颤声说道,"邪恶逃避不了惩罚。"

"天网恢恢,疏而不漏,先生。但惩罚有时是隐秘的。"

"这指的是什么呢,先生?"

波洛只是摇了摇头。

"可怜的小尼克,"巴克利太太说道,"我真为她难过。我收到她一封伤感的信,她说她觉得是她要玛吉来这儿送死的。"

"这种心理不健康。"巴克利先生说道。

"是啊,但我理解她的感受。真希望他们能让我去见见她。连亲戚都不让进,实在是太不合情理了。"

"医生和护士的要求非常严格,"波洛闪烁其词地说道,"他们定下了规矩……就是这样,没办法变通。毫无疑问,他们担心她的情绪波动……见到你们,她的情绪很自然就会有波动。"

"也许吧,"巴克利太太疑惑地说道,"但我觉得待在疗养院也不是办法。如果他们肯让尼克跟我们一起回去,马上离开这儿,对尼克会更有好处。"

"也有可能……但恐怕他们不会同意。你们上次见过尼克小姐有多久了?"

"去年秋天之后我们就没见过面。那时她在斯卡伯勒,玛吉到她那儿待了一天,然后她又来跟我们一起住了一夜。她很讨人喜欢,只是我不太喜欢她的那些朋友。还有,她的生活方式我也不怎么喜欢。不过这也不是她的错,可怜的孩子。她从小就没有受过好的教养。"

"古怪的房子……悬崖山庄。"波洛若有所思地说道。

"我不喜欢那幢房子,"巴克利太太说道,"从来就不喜欢。那儿总让人觉得不对劲。我也很不喜欢老尼克,想起他我就要发抖。"

"恐怕他不是个好人,"她丈夫说道,"但他却有一种说不出的魅力。"

"我从不觉得,"巴克利太太说道,"那幢房子邪气很重,要是没让玛吉过去就好了。"

"唉,真的。"巴克利先生摇了摇头。

"好吧,"波洛说道,"我不打扰你们了。我只是过来向你们表示我深深的同情。"

"你真好，波洛先生。感谢你为我们做的一切。"

"你们要回约克郡去……什么时候走？"

"明天。悲伤之旅啊。再见，波洛先生。再次谢谢你。"

离开他们之后，我说道："真是单纯善良的人啊。"

波洛点了点头。

"真让人心痛，不是吗，我的朋友？毫无益处……糊里糊涂的一场悲剧。那个女孩……唉！我怎么责怪自己都不过分。我，赫尔克里·波洛，明明在场却没能阻止这次谋杀！"

"谁也没办法阻止的。"

"别乱说了，黑斯廷斯。普通人当然阻止不了，但如果赫尔克里·波洛也跟普通人一样，那他的脑子再灵光又有什么意义呢？"

"嗯，当然，"我说道，"如果你偏要这么说的话……"

"是的，我偏要这么说。我感到羞耻，灰心丧气……十足的羞耻。"

波洛的谦卑与别人的自负有着惊人的相似之处，想到这里，我慎重地缄默不语。

"现在，"他说道，"我们上伦敦去。"

"去伦敦？"

"是的。我们可以舒舒服服地乘两点钟的那趟火车。这里风平浪静，小姐待在疗养院也很安全，谁也伤害不了她。所以我们这两个看门狗可以出去逛一圈了。我还想了解一两个情况。"

到了伦敦之后，我们首先去拜访已故的斯顿上尉的律师，也就是帕吉特和惠特菲尔德联合律师事务所的惠特菲尔德先生。

事先波洛已经跟他约好了，虽然过了六点，但我们还是很快见到了这所律师事务所的负责人。

惠特菲尔德先生是一个彬彬有礼、超凡脱俗的人物。他面前放着两封信,一封是警察局局长写来的,另一封来自苏格兰场的某位高级长官。

"这件事非同寻常,波洛先生。"他一边说,一边擦着眼镜。

"是的,惠特菲尔德先生。但这起凶杀案也非同寻常——我很高兴能够这样说:极为非同寻常。"

"说的是,说的是。但多少有点牵强吧……把凶杀案跟我已故客户的遗产联系起来?"

"我不这么认为。"

"啊,你不这么认为!呃……考虑到眼下的情况……而且我得承认亨利爵士在他的信中说他对此十分重视……我会十分乐意尽我所能为你效劳的。"

"你是斯顿上尉的法律顾问?"

"是斯顿家族的法律顾问,我亲爱的先生。我们——我是说我们事务所——已经做了一百多年了。"

"了不起。已故的马修·斯顿爵士立过遗嘱吗?"

"是我们为他起草的。"

"他怎样分配他的财产呢?"

"有几项遗产。其中一笔捐给了自然历史博物馆,但大部分——可以说是非常庞大的财产——留给了迈克尔·斯顿上尉。老斯顿没有其他近亲。"

"你说是非常庞大的财产?"

"已故的马修爵士是英格兰第二大富翁。"惠特菲尔德先生镇定地说道。

"听说他有怪癖?"

惠特菲尔德先生用严厉的目光看着波洛。

"波洛先生,百万富翁当然与众不同,人们甚至期待他的与众不同。"

波洛毫无愠色。接着他又提出了另外一个问题。

"我听说他死得很突然?"

"谁也没想到。马修爵士一向身体健康,不料却长了肿瘤。后来发展到重要的器官,必须立即动手术。当然,和同类病例一样,手术是成功的。可是马修爵士还是死了。"

"财产就传给了斯顿上尉。"

"是这样。"

"我想,斯顿上尉在探险出发之前也立过一个遗嘱吧?"

"是的……如果你把它称做遗嘱的话。"惠特菲尔德非常不以为然地说道。

"合法吗?"

"完全合法。立遗嘱人的意图明了,而且有合适的见证人。嗯,是的,完全合法。"

"但是你不认同他的遗嘱?"

"我亲爱的先生,这是我们的工作。"

我常常对律师们的工作感到纳闷。有一次我自己写过一份相当简单的遗嘱,但是经过我的律师一弄,那冗长的措辞真的让我大吃一惊。

"事实上,"惠特菲尔德先生说道,"当时斯顿上尉并没有什么财产可以遗留,他完全依靠叔叔的补贴。我想,他当时根本就没把这份遗嘱当回事儿。"

我觉得这个说法很有道理。

"那么,这份遗嘱的内容呢?"波洛问道。

"他把他死后拥有的一切全部留给了他的未婚妻玛格黛勒·巴克利小姐,他还指定我做他的遗嘱执行人。"

"就是说巴克利小姐是他的继承人?"

"当然是由巴克利小姐来继承。"

"如果巴克利小姐在上个星期一碰巧也死了呢?"

"只要是斯顿上尉先她去世,这笔财产就将属于她在自己的遗嘱中指定的那个继承人。如果她没有立遗嘱,就属于她最近的亲属。"

"不过,"惠特菲尔德先生又补充了一句,好像有点高兴的样子,"遗产税会非常重,重得惊人!连着三起死亡。"他摇了摇头,"会是一笔巨款!"

"总还会有剩下的吧?"波洛喃喃地说道。

"我亲爱的先生,我已经告诉你了,已故的马修爵士是英格兰第二大富翁。"

波洛站起身来。

"谢谢你,惠特菲尔德先生,非常感谢你提供的情况。"

"不客气,不客气。我可以告诉你,我会跟巴克利小姐联系——真的,我们的信已经发出去了。我随时乐意为她效劳。"

"她还年轻,"波洛说道,"正需要内行的法律人士的指点。"

"恐怕有人要觊觎她的财产了。"惠特菲尔德摇了摇头说道。

"是有这种迹象,"波洛表示同意,"再见,先生。"

"再见,波洛先生。很高兴能对你有所帮助。你的大名,呃……如雷贯耳。"

他说这话的语气就好像在做重大的认可一样。

走到外面,我说道:"果然不出你所料,波洛。"

"肯定是这样,我的朋友,不会有别的解释了。现在我们到切希尔奶酪餐馆去，杰普在那儿等着我们早点儿吃晚饭呢。"

苏格兰场的杰普督察已经在那里等着了。一见到波洛，他高兴得手舞足蹈。

"多年不见了，波洛先生，我还以为你跑到乡下去种西葫芦了呢。"

"我也想，杰普，我也想。但就算是种西葫芦，我也摆脱不了谋杀案。"

他叹了口气。我知道他想起了芬利庄园的那桩奇案[①]，可惜当时我没有在场。

"黑斯廷斯上尉也一样。"杰普说道，"你还好吗？"

"很好，谢谢。"

"这么说又有了谋杀案？"杰普开玩笑地问道。

"你说得对，又有了。"

"你可不能泄气呀，老兄，"杰普说道，"就算不清楚自己还会遇到什么……呃……不过你别指望在这把年纪还取得以往那种成功了。我们都老朽了，应该让年轻人来试试。"

"不过只有老狗知道所有的把戏，"波洛喃喃地说道，"它老谋深算，会穷追不舍的。"

"哎……我们在说人，不是说狗。"

"有什么区别吗？"

"这取决于你是怎么看的了。不过你向来小心谨慎。他是不是这样，黑斯廷斯？他看上去还是老样子……只不过头发少了几根，脸上的老年斑多了几个。"

"呃？"波洛说道，"你在说什么？"

[①] 指《罗杰疑案》（新星出版社2013年3月出版）。

"他在恭维你的胡须呢。"我安慰道。

"不错,我的胡须一直很美。"波洛一边说,一边扬扬得意地捋起胡须。

杰普放声大笑起来。

"瞧,"过了一会儿,他说道,"你要我办的事我已经办好了。你寄来的那些指纹……"

"怎么样?"波洛迫不及待地问道。

"什么也没发现。不管这个人是谁……反正这里没有他的指纹存档。我们也给墨尔本打过电报,回复说根本不知道有这么个人。"

"啊!"

"总有不对劲的地方,但这个人不会是惯犯。至于另外一件事……"

"怎么样?"

"拉扎勒斯父子公司信誉良好,业务经营也诚实可靠。门槛当然很精……不过这是题外话了,做生意当然要精。他们没什么问题,只是现在有些不妙……我是说财务方面。"

"哦,是吗?"

"是的。画品市场不景气对他们打击很大,古董家具也是。现在市场上流行欧洲大陆的摩登货色。去年他们又造了新楼……照我说,他们很快就要陷入财务困境了。"

"非常感谢。"

"不客气。这种事不归我管,但只要是你要打听,我总会帮你办到的。我们一直有办法。"

"我的好杰普,如果没有你,我可怎么办?"

"唉,别这么说了。老朋友之间总是互相帮衬的。以前我不也请你加入过一些疑案吗，还记得吧？"

杰普其实是在承认他欠了波洛一大笔人情。波洛曾帮助杰普解决过许多令他一筹莫展的疑案。

"那是一些美好的日子……"

"现在我还是很愿意跟你聊聊过去的好时光。你办案的方法可能有点儿老套了，但你的思路始终正确，波洛先生。"

"我的另外一个问题呢，就是麦卡利斯特医生？"

"哦，他！他是妇女们喜欢的那种医生。我指的不是妇科医生。他是搞精神治疗的……告诉你卧室的墙必须是紫色的，天花板必须是橙色的……跟你谈论色欲——不管那是什么东西——告诉你清心寡欲。我觉得他就是个骗子……但很多女性把他奉为名医。他经常出国行医……听说前段时间在巴黎。"

"麦卡利斯特医生？"我困惑地问道，我从没听说过这个名字。"他跟这个案子有关系吗？"

"是查林杰中校的叔叔，"波洛解释道，"记得吗？他说他有个当医生的叔叔。"

"你什么都不放过。"我说道，"你认为是他给马修爵士做的手术？"

"不，他不是外科医生。"杰普说道。

"我的朋友，"波洛说道，"我喜欢查明一切。赫尔克里·波洛是条好狗，而好狗会跟着气味紧追不放。如果很可惜气味跟丢了，它就会到处去嗅……总是会嗅出不那么对头的气味来。赫尔克里·波洛就是这样一条好狗，而且经常——嗯，基本上是每一次——能够找到他想要找的东西！"

"我们干的可不是什么好职业，"杰普说道，"斯蒂尔顿奶酪？行，来一点儿。不,不是什么好职业。你比我还糟,你不是官方人士,所以你只能暗中来。"

"我从不伪装,杰普,从不掩饰自己。"

"其实你也做不到,"杰普说道,"你太与众不同了,别人只要看上一眼,就会终身难忘的。"

波洛难以置信地看着他。

"我只是开个玩笑而已,"杰普说道,"别当真。来杯葡萄酒?好啊。"

整个晚上的气氛相当融洽。很快我们就沉浸在回忆之中,说说这个案子,聊聊那个案子。其实我也很爱回忆往事,回忆那些美好的日子。现在我也觉得自己老了!

可怜的老波洛,我看得出来他被这个案子难倒了。他的能力已经不复当年了。我有一种预感,这次他要失败了——杀害玛吉·巴克利的凶手永远也不会抓到。

"振作起来,我的朋友,"波洛拍了拍我的肩膀,"还没彻底失败呢,别拉长脸,我求你了。"

"没事,我很好。"

"我也是,杰普也是。"

"我们都挺好的。"杰普喜不自禁地宣布。

我们就这样愉快地分手了。

第二天早上我们动身回圣卢。一到旅馆,波洛就打电话到疗养院,要求跟尼克通话。

我见他的脸色突然变了——他几乎拿不住话筒。

"怎么?什么?请你再说一遍。"

他听了一两分钟,然后说道:"好,好,我马上来。"

他脸色苍白。

"我干吗要离开这里,黑斯廷斯?我的天哪!我为什么要离开?"

"出什么事了?"

"尼克小姐很危险。可卡因中毒。他们还是下手了。我的天哪!我干吗要离开?我的天哪!"

第十七章　一盒巧克力

在去疗养院的路上，波洛一直在自言自语，责备自己。

"我应该想到的，"他叹息道，"我应该想到的！现在我还能做什么？我采取了所有预防措施。这不可能……不可能。谁也接触不到她！是谁违背了我的命令？"

到了疗养院，我们被领进楼下一间小会客室。几分钟过后，格雷厄姆医生进来了。他看上去很疲惫。

"她会好起来的，"他说道，"已经没事了。当时麻烦的是搞不清楚那些该死的东西她究竟吃了多少。"

"什么东西？"

"可卡因。"

"她会活下去？"

"是的。没问题。"

"是怎么发生的？是怎么跟她接触的？谁被放进来了？"波洛恼怒地问道。

"谁也没被放进来。"

"不可能。"

"真的。"

"那怎么会……"

"是一盒巧克力。"

"啊,该死!我跟她说过不可以——绝对不可以吃外面送进来的东西。"

"这我就不清楚了。要让女孩子不去碰巧克力实在是太困难了。谢天谢地,她只吃了一块。"

"所有的巧克力都有可卡因吗?"

"不,她吃的那块有,上面那层还有两块也有。其他的都是干净的。"

"是怎么弄的?"

"方法很笨。先把巧克力切开,把毒药混进夹心,然后把切开的巧克力再黏合在一起。很业余,也许你们会称它为'自制品'吧。"

波洛哼了一声。

"哦!要是我早知道……要是我早知道。我可以去看看小姐吗?"

"再过一个小时吧,"医生说道,"别灰心,老兄。她不会死的。"

我们在街上逛了一个小时。我想尽一切办法安慰他,强调说一切正常,毕竟没有出什么大乱子。

他只是摇头,时不时说上这么几句话:"我担心,黑斯廷斯,恐怕……"

他说话的那种奇怪腔调,不禁也让我有了一些担心。

他一度拉着我的胳膊说道:"听我说,我的朋友,我全都错了。从一开始就错了。"

"你是说问题不在于财产……"

"不,不,这方面我没弄错。是的,没错。但是那两个嫌疑对象……疑点太明显了,太简单了。必然还有奥妙!"

接着他愤愤地说道:"唉,这个丫头!难道我没有警告过她?难道我没有跟她说过不要碰外面送进来的东西?她不听我的话……我,赫尔克里·波洛。四次死里逃生还嫌不够?还要再来第五次?唉,真是无知!"

最后我们又回到了疗养院。稍等片刻之后,我们被领上了楼。

尼克正坐在床上,两眼瞳孔放大,看上去还在发烧,双手不时抽动着。

"又来了。"她喃喃地说道。

波洛见到她不禁百感交集。他清了清喉咙,握住了她的手。

"唉!小姐呀……小姐……"

"如果这次他们成功了,"她恨恨地说道,"我也不会在意的。我已经厌倦了……真的厌倦了。"

"可怜的孩子!"

"但我又不想让他们得逞!"

"这就对了,是要争口气,小姐。"

"不过你的疗养院也并不安全。"尼克说道。

"如果你听了我的话,小姐……"

她有些惊讶。

"我是听你的话呀。"

"我不是再三叮嘱你不能吃外面送进来的东西吗?"

"我没有呀!"

"但这些巧克力……"

"哦,你说这个呀。不是你送来的吗?"

"你说什么,小姐?"

"巧克力是你送的!"

"我?没有。我从没送过这种东西。"

"是你送的,盒子里还有卡片呢。"

"什么?"

尼克敲了敲床边的一张桌子。护士应声走了进来。

"你想要盒子里的那张卡片吗?"

"是的,麻烦你拿一下。"

过了一会儿,护士把它拿来了。

"瞧!这就是。"

我和波洛不约而同地低呼了一声,卡片上的花体字和之前波洛放在花篮里的一样,上面写着:"赫尔克里·波洛敬赠。"

"见鬼!"

"瞧。"尼克的语气里带着责备。

"不是我写的!"波洛说道。

"什么?"

"不过,"波洛喃喃地说道,"不过确实是我的笔迹。"

"我知道。就是因为笔迹和上次放在橙色康乃馨里的一样,所以我毫不怀疑这盒巧克力是你送的。"

波洛摇了摇头。

"你怎么会怀疑呢?唉,这恶魔,又狡猾又冷酷的恶魔!想想看!他确实是天才,竟然想得出!'赫尔克里·波洛敬赠',干得多漂亮!但我……我却没有想到。我没想到这一手。"

尼克不安地扭动了一下身子。

"你确实没有责任,小姐。这不怪你……不怪你。受责备的应当是我,我太傻了!我早该料到这一步的。是的,我早该想到的。"

他深深地低下了头,陷入了痛苦的深渊。

"我说……"护士说道。

她一直在旁边徘徊着,脸上一副不耐烦的神情。

"呃?对,对,我们得走了。勇敢些,小姐,这是我犯的最后一个错误了。太难为情了,简直无地自容……我上当了,受骗了……就好像我还是个小学生。但这种事再也不会发生了。不会的,我向你保证。走吧,黑斯廷斯。"

波洛首先去找女护士长。她已经被整件事情搞得心烦意乱。

"简直不可思议,波洛先生,绝对想不到。这种事情竟然会发生在我们疗养院!"

波洛很有分寸地表示了他的同情,很快就让她安静下来,然后开始询问那个致命包裹的由来。护士长说最好还是去问问包裹送到时当班的护工。

当班护工名叫胡德,大概有二十二岁,虽然不机灵,但很老实。他看上去吓坏了。波洛想办法让他镇定下来。

"这件事跟你没关系,"他和蔼地说道,"但我要请你准确回忆一下,告诉我这个包裹是在什么时间、通过什么方法送进来的。"

那护工显出茫然的神情。

"很难说,先生,"他结结巴巴地说道,"很多人来探视病人,还留下各种各样的东西。"

"护士说这包裹是昨天晚上送来的,"我说道,"大概六点钟吧。"

那年轻人脸色一亮。

"我想起来了,先生,是一位先生送来的。"

"瘦瘦的脸,浅色头发?"

"是浅色头发,但长相记不起来了。"

"会不会是查尔斯·维斯送来的?"我轻声对波洛说道,忘记了眼前这个年轻人对这个本地人的名字可能很熟悉。

"不是维斯先生,"他说道,"我认识他。来的人还要高大一些,样子很帅,开着一辆宽敞的汽车。"

"拉扎勒斯!"我叫道。

波洛警告性地瞥了我一眼,我知道我又莽撞了。

"那位先生开着一辆宽大的汽车,然后留下了这个包裹,上面还写明是给巴克利小姐的,对吧?"

"是的,先生。"

"你是怎么处理的呢?"

"我碰都没碰,先生。是护士把它拿到楼上去的。"

"那好。但你从那位先生手里接过包裹时还是碰了它一下,对吧?"

"哦!那当然,先生。我接过之后就放在桌子上了。"

"哪张桌子?请指给我看看。"

护工把我们领到前厅。前门开着。离前门很近的地方有一张大理石台面的桌子,上面堆放着许多信件和包裹。

"送来的东西都放在这里,先生。然后护士会把它们拿到楼上去。"

"你还记得那个包裹是什么时候放在这里的吗?"

"应该是五点半,或者稍微迟一点。那时候邮递员刚到,他通常五点半左右到。那天下午很忙,有很多人探视病人和送花。"

"谢谢。现在,我想见见那位把包裹送上楼的护士。"

那是一位见习护士,是一位年纪不大、容易大惊小怪的小个子姑娘。她记得是在六点钟她来上班时把包裹送到楼上去的。

"六点钟,"波洛低声说道,"这么说包裹在楼下的桌子上放了大概有二十分钟。"

"什么?"

"没什么,小姐,请说下去。你把包裹交给了巴克利小姐?"

"是的。还有其他几样东西。有这盒巧克力,还有一束香豌豆花,我想是克罗夫特夫妇送的。我是把它们一起送上去的。还有一个从邮局寄来的包裹……真奇怪,也是一盒福勒牌巧克力。"

"什么?还有一盒?"

"是的,太巧了。巴克利小姐把它们都拆开了。她说,'唉,真可惜,不让我吃。'接着她打开两盒巧克力的盖子,看里面的巧克力是不是一样的。其中有一盒有你的那张卡片。后来她说:'把另外那盒不干净的巧克力拿走,护士,免得我搞混了。'唉!天哪,谁想到后来会出事?就像埃德加·华莱士[①]的小说一样,你说是不是?"

波洛打断了她的滔滔不绝。

"你说有两盒?另外一盒是谁寄来的?"

"里面没有名字,不知道。"

"那么哪一盒是以我的名义送的呢?是从邮局寄来的,还是直接送来的?"

"我想不起来了。我要不要上去问问巴克利小姐?"

"那再好不过了。"

她跑上楼去。

"两盒,"波洛喃喃地说道,"不搞糊涂才怪。"

[①]埃德加·华莱士(Edgar Wallace, 1875—1932),英国犯罪小说家、记者、剧作家,代表作有《第十三号房》等。

那见习护士上气不接下气地回来了。

"巴克利小姐也说不准。她是同时拆开两盒巧克力的外包装,然后再打开盖子的。不过她说不会是寄来的那盒。"

"哦?"波洛有些疑惑地说道。

"你的那一盒不是邮局寄来的。至少她是这样认为的,但她也不敢肯定。"

"见鬼!"我们离开疗养院时,波洛说道,"不敢肯定?侦探小说里有人敢肯定,但现实生活中……总是千变万化的。我对所有的事情都能肯定吗?不,不,绝不可能。"

"拉扎勒斯。"我说道。

"是啊,真想不到,对不对?"

"你要去找他谈谈吗?"

"肯定要去。我很想看看他的反应。我们还可以夸大尼克小姐的病情,就说她快要死了。这不会有坏处的,你明白吗?瞧你那张严肃的脸……哎,令人钦佩呀,活像殡仪馆的人。还真像。"

我们的运气不错,一下子就找到了拉扎勒斯。他正在旅馆外,靠在汽车的引擎盖上。

波洛径直朝他走去。

"拉扎勒斯先生,昨天晚上你给巴克利小姐送了一盒巧克力。"他开门见山地说道。

拉扎勒斯有点吃惊。

"怎么啦?"

"你真好啊。"

"其实是弗莱迪——也就是赖斯太太——要我去买来送给她的。"

"哦,是这样。"

"我昨天开车送过去的。"

"我知道。"

沉默了片刻,波洛说道:"赖斯太太在哪儿?"

"我想应该在休息室吧。"

我们找到她时,她正在那里喝茶。见我们进来,她脸上充满了焦虑的神情。

"我听说尼克病了,怎么会这样?"

"确实太神秘了,太太。告诉我,你昨天给她送了一盒巧克力?"

"是的。是她叫我给她买一盒的。"

"她要你买的?"

"对。"

"但她谁也不能见,你又是怎么见到她的?"

"我没见她。是她打电话的。"

"啊!她说了什么?"

"她问我是不是可以给她买一盒两磅的福勒牌巧克力。"

"她的声音听起来怎么样?很虚弱吗?"

"不,一点儿也不,声音很响亮。但听起来好像是有点儿不一样。起先我还以为不是她呢。"

"直到她跟你说她是谁?"

"对。"

"太太,你能不能肯定那个人就是尼克?"

弗蕾德丽卡怔住了。

"我……我……当然是她啦,还会是谁?"

"这个问题倒很有趣,太太。"

"你不会是说……"

"太太,你能不能发誓确实是尼克的声音——先不提她说的内容?"

"不能,"弗蕾德丽卡缓缓地说道,"我不能发誓。她的声音确实跟平常不一样。我想应该是电话的原因……要不然就是她还不舒服……"

"如果不是她告诉你她是谁,你就听不出是谁?"

"是的,我想我听不出。那到底是谁呢?波洛先生,是谁呢?"

"我也很想知道,太太。"

波洛脸色阴沉,她不禁起了疑心。

"尼克……出事了?"她屏住气问道。

波洛点了点头。

"她病了……危在旦夕。太太,那些巧克力被人下了毒。"

"我送的巧克力?这不可能……不可能!"

"并非不可能,太太,死神已经站在尼克门前了。"

"哦,我的上帝!"她把脸埋进双手,又抬了起来,脸色苍白得吓人,嘴唇直打哆嗦,"我不明白……真的不明白。上一次还好理解,但这一回我真的搞不懂。巧克力不可能下毒的。除了我和吉姆,没有人碰过它。你一定是搞错了,波洛先生。"

"我不会搞错的……就算盒子里有我的卡片。"

她怔怔地看着他。

"要是尼克小姐死了……"他一边说着,一边做了个威胁的手势。

她低声啜泣起来。

波洛转过身来,拉着我回到了我们的客厅。

他把帽子往桌上一扔。

"我什么也不明白……简直一团糟!我看不到一线光明,就像是一个无知的小孩。尼克死了谁会得益?赖斯太太。谁承认送的巧克力,又编造出根本站不住脚的理由,说是应电话里的要求去送的?赖斯太太。这种做法太简单——太愚蠢了。但她并不蠢,一点儿也不。"

"那么……"

"但是她吸可卡因,黑斯廷斯。这我敢肯定,绝对不会弄错。而且巧克力里面的毒药就是可卡因。她刚才说'上一次还好理解,但这一回我真的搞不懂',这是什么意思?这个问题必须搞清楚!至于那个精明的拉扎勒斯先生……他在这里面扮演什么角色?赖斯太太一定知道一些事情,那又是什么呢?但我没办法让她说出来。她不是那种吓唬一下就吐露实情的人。但是她确实掌握一些情况,黑斯廷斯。电话的事情是真的吗?还是她编造出来的?如果是真的,打电话的人是谁?我告诉你,黑斯廷斯,这一切都是未知……都隐藏在黑暗当中。"

"黎明前总是黑暗的。"我给他鼓气。

他摇了摇头。

"还有另外那盒邮局寄来的巧克力。我们能排除它的嫌疑吗?不,不能,因为尼克小姐吃不准到底是哪一盒被下了毒。真让人恼火!"

他哼了一声。

我刚想开口,就被他阻止了。

"不,别说了,别再跟我说什么格言,我受不了了。如果你是我的好朋友,肯帮忙的话……"

"那当然。"我急忙回答。

"我求你,到外面去给我买一副扑克牌来。"

我一怔,然后冷冷地说道:"很好。"

我想他只是找个借口打发我离开罢了。

然而我错怪他了。那天晚上十点钟当我走进客厅时,发现他正小心翼翼地用扑克牌搭房子。我想起来了——这是他的老习惯,用这种方法来缓解紧张。他冲我笑了笑。

"哦……你想起来了。考虑问题需要严谨,搭扑克牌也是一样。每张牌只能放在正确的位置上,才可以支撑住摞在上面的牌的重量,一张摞一张,越摞越高。睡觉去吧,黑斯廷斯。让我一个人待在这里,我还要搭房子,让头脑清醒一下。"

大约早上五点,我被摇醒了。

波洛站在我的床边,他看上去神采飞扬。

"你说得对极了,我的朋友。啊!对极了,而且我备受鼓舞!"

我冲他眨了眨眼睛,还没有完全清醒过来。

"黎明前总是黑暗的——你之前说的。那阵子伸手不见五指……现在终于到黎明了。"

我看看窗户,发现他说得完全正确。

"不,不,黑斯廷斯。在我脑子里!在我的思想里!那些小小的灰色脑细胞!"

他顿了顿,接着平静地说道:"瞧,黑斯廷斯,尼克小姐死了。"

"什么?"我叫了起来,顿时睡意全消。

"嘘……安静。只不过说说而已,不是真的死了……当然,这需要安排一下。是的,安排她死去二十四小时。我会和医生护士们说好的。现在懂了吗,黑斯廷斯?谋杀成功了。凶手干了四次,屡败屡试。第五次终于成功了。现在,我们只要静观其变,一定会十分有趣的。"

第十八章　窗户上的脸

第二天发生的事情我已经记不太清了。很不幸，早上醒来之后我就开始发烧。自从有一次得了疟疾以后，我老是会在最不该生病的时候发烧。

结果，在我的记忆中，那天发生的事情就好像在做一场噩梦——波洛就像幽灵似的走进走出，过一阵子就在我面前出现一次。

我想，他一定在自得其乐。他装出一副困惑和绝望的样子，几乎无人能及。至于一大早他透露给我的计划到底是如何实现的，我确实不得而知，但可以肯定的是，最终他还是成功了。

这件事可不容易，因为这个骗局的牵涉面相当广，涉及的花招也很复杂。英国人通常反对大规模的骗局，但这恰恰是波洛这次计划所需要的。首先，他说服了格雷厄姆医生，得到了医生的支持；接着他又说服了护士长和疗养院的其他一些相关人员，请求他们予以配合。这个环节同样是困难重重，幸亏格雷厄姆医生助了他一臂之力。

还有郡警察局局长和他的那些警察。这时，波洛遭遇了来自官方的反对。波洛费尽唇舌才得到了韦斯顿上校的勉强同意。但上校有言在先,此事的后果他概不负责,如果这个骗局造成了不良影响,一切将由波洛独自承担。波洛当然同意了。只要允许他实行计划,什么事情他都会答应的。

那天的大部分时间,我都蜷在一张大扶手椅里,腿上盖着一床毯子在打盹。每过两三个小时,波洛就跑过来告诉我事情的进展。

"你怎么样了,我的朋友?多可怜。但这样也好。这场闹剧你不如我会演。我刚刚去订了一个花圈——硕大无比的花圈。都是百合花,我的朋友,多得数也数不过来。上面写着'哀思无限。赫尔克里·波洛含泪敬挽。'瞧,多滑稽呀。"

说完他又走了。

"我刚刚跟赖斯太太进行了一次交锋,"波洛再次出现时说道,"她穿了一身考究的黑礼服。她那个可怜的朋友……多惨呀!我故作同情地叹息了一声。她说尼克那么活泼快乐,没想到早早就离世了。我表示同意。我说:'讽刺的是,死神带走了她那样一个好端端的人,却把老弱病残的无用之辈留下了。'哈哈!我又叹息了一声。"

"你看起来乐在其中。"我虚弱地轻声说道。

"那当然。这是我计划中的一部分。要效果好,就必须全身心投入。接着说吧,在表达了一番伤感之后,赖斯太太开始说到正题了。她说她整夜睡不着觉,纳闷那些巧克力的事。她说这事绝不可能。'太太,'我说,'当然可能。你可以看化验报告。'她的声音一下子颤抖了。'是可卡因,你说的?'我点点头,然后她说,'啊,老天,我不明白。'"

"也可能是实话。"

"她明白自己处境危险。她不傻,我以前就跟你说过了。是呀,她处于危险之中，而且她自己也很清楚。"

"但依我看，你第一次表现出了相信她无罪的样子。"

波洛皱起了眉头，不再像刚才那么激动了。

"你的话说得很有深度啊，黑斯廷斯。不错……我觉得有些事情对不上了。到目前为止，凶手作案手法的最重要特征就是狡猾，不是吗？但巧克力下毒这件事却干得一点儿也不高明……粗糙、幼稚、简单。不，这不对头。"

他在桌子旁坐下。

"我们来检视一下事实吧。这里面有三种可能性。巧克力是赖斯太太买的，然后交给拉扎勒斯先生送过去。在这种情况下，嫌犯是这两个人之一，或者两个都是。那个尼克小姐打过来的电话就纯粹是捏造。这是最直截了当——最明显的假设。

"第二种情况：下毒的是另一盒巧克力——就是邮寄来的那一盒。谁都可能邮寄，嫌犯就是从一到十的人物之一（还记得那张表吗？范围很广）。但如果说邮寄来的巧克力是有毒的，那么那个电话该怎么解释？有必要再弄一盒巧克力进来吗？"

我虚弱地摇了摇头。我正在发三十九度的高烧，任何复杂一点的事情我都是无法理解的。

"第三种情况：邮寄来的有毒的那盒跟赖斯太太买来的无毒的那盒被人调换了。在这种情况下，那个电话就很巧妙，也可以理解了。赖斯太太就成了替罪羊，为真正的凶手火中取栗。第三种情况是最合乎逻辑的，但是，嗯，这种情况也是最难以办到的。凶手怎么能确保在合适的时间进行掉换？护工有可能直接把巧克力盒送到楼上去……要成功掉换几乎不可能。是啊，好像也讲不通。"

"除非是拉扎勒斯干的。"我说道。

波洛看了看我。

"你还在发高烧,我的朋友。温度还在上升吧?"

我点了点头。

"真怪呀,体温升高几度竟然能激发灵感。你刚才提出了一个非常简单的看法。这么简单,我连想都没想过。不过这引发了一个非常奇怪的问题。拉扎勒斯先生是赖斯太太的亲密爱人,他却想方设法把她推上断头台。这种新的情况太古怪了。哎呀,太复杂了……极其复杂。"

我闭上眼睛,心里很高兴我也聪明了一回,但我不愿意去思考复杂的事情,只想睡觉。

波洛好像还在滔滔不绝,但我听不下去了。他的声音开始变得飘忽起来……

再一次见到他,已经是傍晚时分了。

"我略施小计鲜花店就发财了。"他大声说道,"大家都去订花圈。克罗夫特先生、维斯先生、查林杰中校……"

最后那个名字令我良心有些不安。

"听我说,波洛,"我说道,"你必须告诉他真相,否则他要伤心死了。这不公平。"

"你对他真是关怀备至呀,黑斯廷斯。"

"我喜欢他,他是个十足的好人。你应该告诉他这个秘密。"

波洛摇了摇头。

"不,我的朋友,我必须一视同仁。"

"你总不至于会怀疑他吧?"

"我对谁都不例外。"

"想想他会多么痛苦。"

"恰恰相反，我情愿认为我为他预备了一个意想不到的惊喜。以为爱人死了，却发现她还活着！这是独一无二的感受……多了不起。"

"你这个老顽固。他一定会守口如瓶的。"

"我可不敢肯定。"

"他一片赤诚，我敢肯定。"

"那他就更难保守秘密了。保密是一种艺术，要能说一大套冠冕堂皇的假话，还要有表演天赋和爱好。查林杰中校能够掩饰他的情感吗？如果他是你说的那种人，他肯定办不到。"

"这么说，你不肯告诉他了？"

"我不会让这个计划冒任何风险。这可是生死攸关的游戏，我亲爱的朋友。反正痛苦可以磨炼意志。有许多大牧师都是这么说的——如果我没搞错的话，甚至包括大主教。"

我不再试图改变他的主意。我知道他已经下定决心了。

"我不打算穿正装吃晚饭了，"波洛喃喃地说道，"我扮演的是一个心碎了的老家伙，你明白的。我的自信心完全崩溃了……心都碎了。我什么也吃不下……盘子里的东西完全没碰过。就是这个样子。不过等我回到自己的房间，我就好好吃一顿奶油蛋卷和巧克力奶油泡芙。我早就在糖果店买好了。怎么样，你呢？"

"我只需要再来几颗奎宁丸。"我悲苦地说道。

"哎呀，我可怜的黑斯廷斯。振作起来，明天就没事了。"

"很有可能。这毛病通常不超过二十四小时。"

我没有再听到他回到房间的声音，想必我已经睡着了。

等我醒来时，波洛正坐在桌子旁写东西。他面前摊着一张揉皱的纸，我认出就是那张写着从一到十名字的名单，当初他写好之后就揉成一团扔掉了。

他冲我点了点头，没等我开口，他就好像看出了我的心思。

"是的，我的朋友，我把它拣回来了。我现在从不同的角度重新研究了一下。我对每个人整理出了一个疑问列表。这些问题有可能跟罪案无关，只是一些我还不明白的东西……需要得到解释的东西。现在我试着用我的大脑来寻找答案。"

"写到哪儿了？"

"已经写完了。想听听吗？你好些了吗？"

"嗯，我现在好多了。"

"好极了！那我读给你听听。当然，其中有些问题你会觉得很幼稚。"

他清了清喉咙。

"一、埃伦。她为什么待在房子里没有出去看焰火？（不寻常，由尼克小姐的证词及其惊讶可知。）她认为或者猜想会发生什么事？她有没有让什么人（比方说未知的第十位）进入那幢房子？关于壁龛，她说的是真话吗？如果真有壁龛，为什么她想不起来它的位置？（尼克小姐好像非常肯定没有这种东西，对此她当然有把握。）如果她是捏造的，为什么要捏造？她有没有读过迈克尔·斯顿的情书？或者她对尼克小姐的订婚是否真的感到吃惊？

"二、埃伦的丈夫。他真的像外表那么蠢吗？他是否知道埃伦知道的事？他有没有可能患有精神病？

"三、埃伦的儿子。考虑到年龄和成长水平，他的冷血是正常的天性吗？或者是否属于一种病态？如果是病态，是遗传自父亲还是母亲？他有没有用玩具手枪打过人？

"四、克罗夫特先生是什么人？他到底是从哪儿来的？他真的像他发誓的那样把遗嘱邮寄出去了吗？如果没有邮寄出去，是出于什么动机?

"五、克罗夫特太太是什么人?这对夫妇是什么身份?他们是不是因故躲藏在这里?如果是的话,是什么缘故?他们和巴克利家族是否有瓜葛?

"六、赖斯太太。她究竟知不知道尼克和迈克尔·斯顿订婚的事?仅仅是猜测的,还是偷看过他们之间的信件?(如果是这样,她会知道尼克是斯顿的继承人。)她是否知道自己是尼克小姐剩余财产的继承人?(我想她有可能知道。尼克小姐有可能告诉过她,并且说财产微不足道。)查林杰中校暗示说拉扎勒斯被尼克小姐迷住了,这是真的吗?(这有可能是赖斯太太和尼克小姐在最近几个月有所疏远的原因。)在有关吸毒的那封信上,提供毒品的那个'男朋友'是谁?有可能是那'第十个'吗?那天在房间里,她为什么表现得几乎昏了过去?是因为听到了什么,还是看到了什么?她声称叫她买巧克力的电话是真的,还是精心捏造的谎言?她说'上一次还好理解,但这一回我真的搞不懂'是什么意思?如果她不是嫌犯,那么她究竟知道些什么却又不肯讲出来?

"你瞧,"波洛突然停下来说道,"跟赖斯太太有关的问题实在是太多了。自始至终她都是个谜。这就迫使我得出一个结论,要么她就是凶手,要么她知道——或者说自认为知道——谁是凶手。但是她的想法正确吗?她是确实知道,还是仅仅怀疑?有什么办法能够让她开口?"

他叹了口气。

"好吧,我接着往下读。

"七、拉扎勒斯。奇怪,对于他,我们几乎提不出问题。只有那个老问题:他有没有掉换下过毒的巧克力?除此之外,也只有一个完全不相干的问题,我也把它写上了,那就是'为什么愿意出五十英镑的价钱购买一幅只值二十英镑的画像'?"

"他想讨好尼克。"我提出了我的看法。

"讨好也用不着这样。他是个生意人,不会做赔本买卖的。如果他想博得尼克的好感,完全可以私下里借钱给她。"

"反正这件事跟凶杀案无关。"

"是呀,这倒是实话……但我同样很想知道。我研究心理学,你知道的。接下来我们看看第八位。

"八、查林杰中校。尼克为什么要跟他说自己已经和别人订了婚?她告诉他有什么必要?她没有跟别人说过。难道他向她求过婚?他跟他叔叔是什么关系?"

"他叔叔,波洛?"

"就是那个医生,很成问题的角色。在迈克尔·斯顿的死亡消息公之于众之前,是否会私下里先传到海军部?"

"我不知道你在想些什么,波洛。就算查林杰中校事先知道了斯顿的死讯,那似乎也没有什么。他根本就没有动机去杀害他心爱的姑娘呀。"

"我完全同意。你说得非常有道理,但这些情况我也想知道。我还是那只到处嗅气味的狗,管它味道好不好!

"九、维斯先生。为什么他要说他表妹对悬崖山庄有盲目的迷恋?他这么说的动机是什么?他究竟有没有收到那份遗嘱?他是一个诚实的人,还是一个伪君子?

"最后是十——这是上次我写的那个不曾露面的人,一个大大的问号。这个人究竟是否存在?

"天哪,我的朋友!你怎么啦?"

我突然大叫一声从椅子上跳起来,用颤抖的手指着窗户。

"脸,波洛!"我喊道,"紧贴在玻璃上的脸,吓人的脸!现在没了……刚才看见的!"

波洛快步冲过去,一把推开窗户,探出身去张望。

"外面什么也没有,"他想了想说道,"你肯定不是幻觉吗,黑斯廷斯?"

"绝对不是幻觉。我看见一张恐怖的脸。"

"外面是露台,谁都可以跑到露台上偷听我们的谈话。你说你看到一张吓人的脸,黑斯廷斯,具体是指什么呢?"

"惨白的脸,不是活人的面孔。"

"我的朋友,是发烧引起的吧。一张脸,有可能。一张难看的脸,也有可能。但你说不是活人的脸……不,这不可能。一张脸紧紧贴在玻璃上……再加上它引起的震惊,应该是这样了。"

"是一张吓人的脸。"我固执地说道。

"不会是熟人的面孔吗?"

"不,绝不是,真的。"

"嗯……不过也有可能是熟人,这种情况下我怀疑你认不认得出来。现在我怀疑……是的,非常怀疑……"

他沉思着把那些纸片收好。

"至少有一件事是值得庆幸的。如果那个人在偷听,幸好我们没有提到尼克小姐还好端端地活着。不管这个人偷听了多少,至少这个情况没有泄露。"

"不过显然,"我说道,"你那锦囊妙计的效果到现在为止还有点儿令人失望。尼克死了,但情况到现在还是没有显著的进展!"

"没那么快,我说过要二十四小时,我的朋友。如果我没搞错的话,明天一定会有事情发生。否则……否则我就是从头到尾全错了。瞧,邮差来了。我对明天的邮件充满期待。"

早上醒来时我感觉没有力气,不过烧已经退了。我也感到肚子有点儿饿了,于是我们俩就在客厅里一起吃早饭。

"怎么样?"当波洛在整理信件时,我不怀好意地问道,"你等的邮件来了吗?"

波洛刚刚拆开了两个信封,很明显里面装的是账单,他没有回答。我发觉他全然没有了往日那副得意扬扬的神采,现在看起来十分沮丧。

我开始拆看我自己的信件。第一封信是召开通灵术讨论会的通知。

"如果这次失败了,我们只好去请教通灵法师了,"我说道,"我常常纳闷为什么不多试试这种办法。把被害人的灵魂召回来,让他来指认凶手,想必这种证据也是被承认的。"

"但是帮不了我们什么忙,"波洛心不在焉地说道,"我怀疑玛吉·巴克利的灵魂是否知道她是被谁打死的。就算她知道,也说不出什么有价值的线索。哎呀!好奇怪。"

"怎么啦?"

"就在你大谈死人开口说话的时候,我拆开了这么一封信。"他说着把信扔了过来。是巴克利太太寄来的,地址是兰利教区牧师寓所。

亲爱的波洛先生,

  一回到家里,我就发现了一封我可怜的孩子在到达圣卢之后写给我们的信。恐怕里面没有什么能够引起你兴趣的东西,但我想也许你愿意读一读。

  谢谢你的关心。

你忠实的简·巴克利

附在里面的那封信看了真叫人难过。信的内容普普通通，丝毫没有预感到大祸即将来临。

亲爱的母亲：

我平安到达。一路上相当舒适。一直到埃克塞特，车厢里只有另外两个乘客。

这里的天气好极了。尼克看上去很好，也很快活……或许有一点儿缺乏休息吧。我看不出她有什么急事要打电报把我叫来，星期二过来其实也是可以的。

其他没有什么可多写的了。我们要去和几个邻居喝茶。他们是澳大利亚人，租下了门房小屋。尼克说他们热情得让人受不了。赖斯太太和拉扎勒斯先生也要来住一阵子。他是个艺术品商人。我会把这封信投进大门旁的那个信箱，这样正好能赶上下一班邮车。明天再谈。

热爱你的女儿，玛吉

又及：尼克说她打电报有她的道理。喝完茶之后就会告诉我。她说这话时非常古怪，而且有些神经过敏。

"死人的声音，"波洛平静地说道，"但什么也没告诉我们。"

"大门旁的信箱，"我随口说了一句，"就是克罗夫特说他寄遗嘱的地方。"

"是这么说的……是的。有点儿怪，我觉得有一点。"

"你那些信里面还有什么有意思的吗？"

"没有了,黑斯廷斯。我非常失望。我还在黑暗之中,没有一丝光明。我什么也不明白。"

这时电话铃响了,波洛走了过去。

他的脸色一下子变了。虽然他竭力装出一副无所谓的样子,但我还是发现了他内心的激动。

他对着话筒说了一些不置可否的话,所以我无法判断他们究竟在说什么。这时,他说了句"很好,谢谢你",然后挂断了电话,回到我身旁,眼睛里闪烁着兴奋的光彩。

"我的朋友,"他说道,"我是怎么跟你说的?好戏登场了。"

"怎么啦?"

"电话是查尔斯·维斯打来的。他告诉我,今天早上他从邮局收到了她表妹巴克利小姐在去年二月二十五日签署的一份遗嘱。"

"什么?遗嘱?"

"没错。"

"遗嘱出现了?"

"出现得正是时候,不是吗?"

"你觉得他说的是真话吗?"

"或者我认为遗嘱就一直在他手中?你是不是想这么说?嗯,全都有点儿怪。但至少有一点是明确的,我跟你说过,如果大家知道尼克小姐死了,我们就会有进展——现在来了。"

"太不寻常了,"我说道,"你是对的。我想这就是指定弗蕾德丽卡·赖斯为剩余财产继承人的那份遗嘱吧?"

"维斯先生没有提到遗嘱的内容。他没做错。不过没什么理由怀疑这不是原来那份遗嘱。他跟我说,这份遗嘱的见证人是埃伦·威尔逊和她的丈夫。"

"这么说我们又回到了老问题，"我说道，"弗蕾德丽卡·赖斯。"

"她就像个谜！"

"弗蕾德丽卡·赖斯，"我前言不搭后语地说道，"这名字倒很好听。"

"比她的朋友叫她弗莱迪要好听些，"他做了个鬼脸，"对年轻小姐来说确实如此。"

"弗蕾德丽卡这个名字的昵称并不多，"我说道，"不像玛格丽特这种名字，昵称可以找到一大把……比如玛吉、玛戈、玛琪、佩吉什么的。"

"是的。那么黑斯廷斯，你现在是不是高兴一些了？我们期待的好戏已经开始了。"

"当然高兴啦。告诉我，你是不是猜到了这件事会发生？"

"不……不完全是。我还不确定我要期待什么。我只是说会出现一些结果，有了这些结果之后，它们的原因也就显露无遗了。"

"对。"我钦佩地说道。

"刚才电话铃响的时候，我想要说什么来着？"波洛思索着说道，"啊，对，那封玛吉写的信。我还要看一看，后来我想了一下，觉得里面有什么让我非常奇怪。"

我把信拿起来递给他。

他默默地又细看了一遍。我在房间里踱来踱去，透过窗子观看海湾里的赛艇比赛。

突如其来的一声惊叫吓了我一跳，我转过身，看见波洛双手捧着头，身子左右摇晃，看上去苦恼万分。

"唉，"他叹息道，"我真是瞎了眼……瞎了眼。"

"怎么啦？"

"我不是说过很复杂吗?错综复杂?不,其实不然!这个案子非常简单……简单极了。瞧我多可怜哪,怎么没想到呢?怎么就没想到呢?"

"天哪,波洛,你有了什么灵感?"

"等一下……等一下……别做声!我得赶快抓住这个灵感,好好整理一下思路。"

他抓起那份疑问清单,从头到尾又细看了一遍,嘴巴里默默地念念有词。有一两次他重重地点了点头。

然后他把它放回桌上,身子往后一仰靠在椅背上,闭上了双眼。见他一动不动,我还以为他睡着了。

突然,他叹了一口气,睁开了双眼。

"好了!"他说道,"全都对上了!一切让我伤透脑筋的事全都对上了。"

"你是说……一切你都明白了?"

"差不多吧。有些地方我的推理一直是对的,有些方面却荒唐得可笑。但总算现在全弄明白了。今天我要发一份电报,再去问两个问题。不过答案我已经知道了——都在这里头了!"他敲了敲自己的前额。

"那么收到回电之后呢?"我好奇地问道。

他倏地站起身来。

"我的朋友,你还记不记得尼克小姐说过她想在悬崖山庄演一出戏?今天晚上,我们就到那里演一场。不过导演是我,赫尔克里·波洛。尼克小姐也会扮演一个角色。"

他突然咧嘴一笑。

"你明白吗,黑斯廷斯,这出戏里会出现一个鬼魂,是的,有一个鬼。悬崖山庄从来就没闹过鬼,但今天晚上就会有一个。不,"他没有让我问下去,"我不多说了。今天晚上,黑斯廷斯,我们将上演一出我们的喜剧,并且让悬崖山庄奇案真相大白。但是现在,还有很多事情要做……还有很多。"

他匆忙离开了房间。

第十九章　波洛导演的戏

那天晚上在悬崖山庄的聚会相当奇怪。

我几乎一整天没见到波洛。他出去吃晚饭时给我留了个字条,叮嘱我在晚上九点到悬崖山庄去。他还特地加了一句,叫我不必穿晚礼服。

整件事情就好像一场荒唐的闹剧。

我一到就被领进了餐厅。我环顾四周,发现波洛在那张表里罗列的人全部到场了,也就是从一到九的那些嫌疑人(当然,里面没有那第十位,他本来就不存在)。

甚至连克罗夫特太太也来了,她坐在一把残疾人专用的椅子里,冲我微笑着点了点头。

"是不是有些吃惊?"她愉快地说道,"对我来说换换口味也挺好。我应该多出来活动活动才对。这都是波洛先生的主意。来吧,坐在我身边,黑斯廷斯上尉。我总觉得今天的聚会有些令人不舒服……不过维斯先生让大家参加。"

"维斯先生?"我有些意外。

查尔斯·维斯正站在壁炉架旁,他的身边是波洛,他们俩正热烈地低声交谈着。

我又打量了一番房间。没错,这些人全在这儿。我被领进来之后(我迟到了一两分钟),埃伦就坐在门边的一把椅子上,另一把椅子上坐着她丈夫。他规规矩矩地端坐着,呼吸声很重。他们的儿子阿尔弗雷德则坐在中间,很不自在地扭来扭去。

其他的人则围着餐桌坐着。弗蕾德丽卡穿着黑色礼服,旁边是拉扎勒斯,桌子的另一边是乔治·查林杰和克罗夫特。我坐得离桌子稍远一些,在克罗夫特太太的身边。只见查尔斯·维斯最后点了点头,坐到了桌首的位置上。而波洛则悄悄地坐到了拉扎勒斯的旁边。

显然,自我标榜为导演的波洛并不想扮演重要的角色。主持局面的是查尔斯·维斯。我暗自纳闷,不知波洛会给他准备什么意想不到的事。

这位年轻的律师清了清喉咙,然后站了起来。他看上去跟往常一样,依然是一副一本正经、毫无表情的样子。

"今天晚上我们的聚会非同寻常,"他说道,"情况也很特殊。当然,我指的是有关我表妹巴克利小姐的死。当然接下来还会验尸……无疑她是中毒死的,而且是被人故意下毒杀死的。但那是警察的事,我不想多谈。而且警察也不希望我多说。

"通常死者的遗嘱总是在葬礼举行之后才宣读的,但因为波洛先生的特别要求,我将在我表妹的葬礼之前宣读遗嘱。其实,我现在就要在这里宣读。这就是各位被请来的原因。就像我刚才说的,因为情况特殊,所以不遵循先例也情有可原。

"这份遗嘱多少也是以非同寻常的方式交到我手上的。虽然签署日期是去年的二月,但直到今天上午才由邮局送来。遗嘱无疑是我表妹的笔迹,对此我毫不怀疑,虽然非常不正式,但因为有正式的见证人,所以是有效的。"

他顿了顿,又清了清嗓子。每个人都注视着他。

他从手里的一个长条信封里抽出信纸。看得出,那是一张悬崖山庄的普通便笺纸。

"内容非常短。"维斯说道。他有意顿了顿,然后开始宣读:

这是我,玛格黛勒·巴克利最后的遗嘱。我指定我葬礼的一切费用必须全部付清,并且指定我的表哥查尔斯·维斯为遗嘱执行人。为了报答米尔德里德·克罗夫特对我父亲菲利普·巴克利的恩情,我把我死时所拥有的一切财产留给米尔德里德·克罗夫特。

签名:玛格黛勒·巴克利

见证人:埃伦·威尔逊,威廉·威尔逊

我一下子怔住了!我猜大家也都怔住了,只有克罗夫特太太深以为然地点了点头。

"这是真的,"她平静地说道,"我并不想提这些事。但当时菲利普·巴克利在澳大利亚,要不是我……算了,我不想说了。那一直是个秘密,还是保守秘密吧。但尼克知道这件事,我是说,肯定是她父亲告诉了她。我们从澳大利亚过来,为的是看看这块地方。我以前就常常对菲利普·巴克利提到的这个悬崖山庄很好奇。那亲爱的姑娘知道这一切,总觉得无以报答。她要我们跟她住在一块,真的。但我们不愿意,后来她坚持要我们住门房小屋,一分钱租金都不肯收。当然啦，我们表面上还是付房租的，只是为了不让别人说闲话而已，但她暗地里又会还给我们。现在……唉！好吧，如果有人说这世上没有知恩图报的事，那我就要告诉他你想错了！这就是明证。"

大家都惊得目瞪口呆。之后，波洛看了看维斯，问道："你知道这件事吗？"

维斯摇了摇头。

"我知道菲利普·巴克利在澳大利亚待过一段时间，但从没有听说过他在那里有什么丑闻。"

他用询问的目光看了看克罗夫特太太。但她却摇了摇头。

"不，你休想从我嘴里知道。我从没有跟别人说过，将来也绝不会说。这个秘密会同我一起进坟墓的。"

维斯一言不发。他静静地坐着，用铅笔轻轻地敲着桌面。

"我想，维斯先生，"波洛向前探了探身，"作为死者最近的亲属，你能不能对这份遗嘱提出抗议？据我所知，相比当初立这份遗嘱时，现在新冒出了一大笔财富。"

维斯冷冷地看着他。

"这份遗嘱完全有效。我绝不会对我表妹处置她财产的方式有异议。"

"你真是个忠厚老实的人，"克罗夫特太太赞赏地说道，"你会得到好报的。"

听到这句好心好意但有点令人尴尬的评价，查尔斯不自在地往后缩了缩。

"啊，孩子他妈，"克罗夫特先生忍不住兴奋地说道，"太意外了！尼克可什么也没跟我说过。"

"亲爱的好姑娘，"克罗夫特太太一边用手帕擦了擦眼睛，一边说道,"但愿她现在能在天上看着我们,也许她正在看呢……谁知道呢?"

"有可能的。"波洛表示同意。

突然他好像想起了什么似的,四下打量了一番。

"我有个主意!既然我们都在,不妨搞一次降神会吧。"

"降神会?"克罗夫特太太仿佛大吃一惊,"但肯定……"

"是呀,是呀,肯定会十分有趣。黑斯廷斯就有了不起的通灵本事。(我心想,怎么扯到我头上来了。)能够捎来另一个世界的信息……机会难得!我觉得万事俱备。你也是这样想的吧,黑斯廷斯。"

"是的。"我豁出去了,于是决然地说道。

"好,我就知道是这样。快,熄灯!"

说着他就站起身来把灯全关掉了。他的动作如此之快,谁也来不及提出异议。实际上,我想,他们还没从那份遗嘱中缓过神来。

房间里并不是特别黑,因为晚上热,窗帘大开着,而且窗户也是开的,从窗外透进一些微弱的光亮。我们不做声地坐着,过了一会儿,我已经能够模糊地分辨出家具的轮廓。这时我真有些急了,不知道接下来该怎么办,心里暗暗责骂波洛不事先跟我说好。

我只好闭上双眼,发出类似打鼾的声音。

这时波洛站了起来,蹑手蹑脚地走到我跟前,然后又回到自己的座位,自言自语地说道:"啊,他已经元神出窍了。很快……我们就会看到了。"

坐在黑暗里默默等待,的确会让人惴惴不安。我觉得自己紧张极了,我想别人肯定也一样。然而,我至少知道会发生什么事,因为我知道一个其他人都不知道的重要事实。

尽管如此,当我看到餐厅的门慢慢地被推开时,我的心还是差点跳了出来。

那扇门悄无声息地打开了（想必是上过油），真是恐怖到了极点。门开得很慢，大概过了一两分钟，它才完全被推开。房间里一下子像有一股阴森森的冷风窜进来。我想，这大概是因为窗子没关，外面的凉风进来的缘故，但此时这股凉风就像是我看过的鬼怪故事里的阴风一样，令人不禁毛骨悚然。

然后，我们全都看见了！门口有一个白色的人影，是尼克·巴克利……

她悄无声息地缓缓移动着——飘忽的步态就像是一个幽灵。

我立即意识到，我们这个世界错失了一位多么优秀的女演员。尼克早就想在悬崖山庄演一出戏了，现在她终于如愿以偿。而且我相信她一定自得其乐，她演得实在是太出色了。

她慢慢地飘进了房间——突然房间里的沉默被打破了。

我身旁的那把残疾人椅子里传来低低的惊叫声，那是克罗夫特太太发出的奇怪声音。查林杰吓得骂出声来。查尔斯·维斯大概把椅子往后挪了挪。拉扎勒斯向前探了探身。只有弗蕾德丽卡静静地坐着，一动也不动。

这时传来一声尖叫，埃伦从椅子上跳了起来。

"是她！"她叫道，"她还魂了，她还在走！冤魂都是这个样子走的。是她！是她啊！"

就在这时，只听咔嗒一声，灯全亮了。

我看见波洛站在那儿，面露微笑，就好像马戏表演成功后的老板，期待观众的掌声。尼克穿了一件白色的长衫，站在房间的中间。

第一个开口说话的是弗蕾德丽卡，她将信将疑地伸手去碰了碰她的朋友。

"尼克，"她说道，"你……你还活着？"

这句话低得像是在耳语。

尼克大笑起来。她走上前来。

"是的，"她说道，"我确确实实还活着。谢谢你为我父亲所做的一切，克罗夫特太太。但恐怕你还不能享受那份遗嘱的利益。"

"哦，我的上帝，"克罗夫特太太喘息地说道，"我的上帝。"她在椅子里扭动着直摇晃，"带我走吧，伯特，带我回去。他们开了个大玩笑，我亲爱的……大玩笑，就是这么回事，真的。"

"很奇怪的玩笑。"尼克说道。

门又开了，一个人走了进来。他的脚步声非常轻，以至于我差点儿没听见。我吃惊地发现原来是杰普。他很快地冲波洛点了点头，好像很满意似的。然后他脸色一亮，快步走向残疾椅中的那位浑身不自在的太太。

"好哇……好哇……好哇，"他说道，"这是谁呀？老朋友嘛！米莉·默顿！你还在玩老把戏呀，我亲爱的。"

他没有理会克罗夫特太太的尖叫和抗议，转身对大家解释道："这是我们遇到过的最聪明的伪造者，米莉·默顿。上次他们是因为交通事故才逃脱的，瞧啊！就算是断了脊梁骨，她也不肯改邪归正。她是个天才，一点儿不假。"

"那份遗嘱也是伪造的吗？"维斯问道，声音里充满了惊讶。

"当然是伪造的，"尼克轻蔑地说道，"你总不至于觉得我会写这么愚蠢的遗嘱吧？我把悬崖山庄留给你了，查尔斯，其他的全部给了弗蕾德丽卡。"

她一边说着，一边走到她那位女朋友身边。但就在这时，出事了！

窗口闪过一道亮光,一颗子弹呼啸而来。接着又是一枪,然后外面传来一声呻吟,有人摔倒在地上。

弗蕾德丽卡呆呆地站着,胳膊上一道鲜红的血迹流了下来……

第二十章 "第十个人"

一切都是突如其来，一下子没有人能反应过来。

紧接着，波洛大喊一声奔到窗口，查林杰也紧跟了过去。

很快他们就回来了，还抬着一个软绵绵的躯体。他们很小心地把他放在一张大大的皮椅子里。看到这张面孔，我惊呼起来："就是这张脸……窗户上的怪脸！"

这的确是昨天晚上在窗外窥视的那张脸，我立刻就认了出来。我还记得当时我跟波洛说是一张死人的脸时，波洛还不以为然。

然而这张脸证实了我的说法并无虚言。这是一张迷离呆滞的脸——跟大部分人完全不同：苍白、憔悴、颓废，就像是一个面具，仿佛这个人早就没有了灵魂。在这张脸的一侧下面，正滴滴答答地淌着血。

弗蕾德丽卡慢慢地走了过来，一直走到椅子旁边。波洛拦住了她。

"你受伤了吗，太太？"

她摇了摇头。

"子弹擦破了肩膀……没什么。"

她轻轻推开波洛,俯下身去。

那人睁开了眼睛,见她正看着自己。

"但愿这一次你满意了,"他恶毒地低声吼道,然后他的声音突然又变得像个小孩子,"哦,弗莱迪,我不是有意的,不是有意的。你总是对我那么宽容……"

"没事的……"

她跪在他的身边。

"我不是有意……"

他的头垂了下来,这句话永远也说不完整了。

弗蕾德丽卡抬起头看了看波洛。

"是的,太太,他死了。"波洛轻声说道。

她慢慢地站了起来,低头看着他,一只手抚摸着他的额头——仿佛是在惋惜。然后,她叹了口气,转身面对大家。

"他是我丈夫。"她平静地说。

"第十个人。"我自言自语地说地。

波洛点了点头,接过我的话茬儿说道:"是的,我一直就是觉得有第十个人。我一开始就这么说的,不是吗?"

"他是我丈夫。"弗蕾德丽卡重复了一遍。她听起来有气无力,然后一下子坐进了拉扎勒斯拖给她的椅子里。"我还是把一切都告诉你们吧……现在。

"他是个无赖,吸毒成瘾,还教我吸毒。我离开他之后就一直挣扎着想戒毒。我觉得……终于……我快恢复了。但这太难了,噢!难得无法想象,没有谁知道这有多难!

"我根本摆脱不了他。他老是来要钱……还威胁我。就是勒索。如果我不给钱,他就要自杀。他老是这样威胁。后来他又威胁要杀我。他根本不负责任。他就是一个疯子……疯了。

"我觉得是他杀了玛吉·巴克利。当然,他要杀的不是她,一定把她误以为是我了。

"我早该把这个情况说出来了,但毕竟我只是猜测。而且尼克碰到的那些怪事……让我觉得未必是他干的。可能是另有其人。

"后来……有一天……我在波洛先生的桌子上看到了一张撕破的纸,上面是他的笔迹。那是从他写给我的信上撕下的,我这才知道波洛先生已经有了线索。

"从那时起,我就觉得只是迟早的问题了……

"但我搞不懂那些巧克力的事。他没必要去毒死尼克呀。反正我不明白他这么做有什么意思。我困惑极了。"

她把脸埋在双手里,过了一会儿又抬起头来,惨然说道:"就这些了……"

第二十一章 "第十一个人"

拉扎勒斯快步走到她身边。

"我亲爱的,"他安慰道,"我亲爱的。"

波洛走到餐柜,倒了一杯酒递给她,然后看着她喝了下去。

她把酒杯还给波洛,然后面露微笑。

"现在好了,"她说道,"接下来……接下来该怎么办呢?"

她看了看杰普,但督察摇了摇头。

"我正在休假,赖斯太太。我只是来助老朋友一臂之力的……我只能做这些。这个案子由圣卢警方负责。"

她又看了看波洛。

"那么波洛先生代表圣卢警方吗?"

"哦!多奇怪的想法呀,太太。我只是个微不足道的顾问。"

"波洛先生,"这时尼克说道,"我们不能把这个案子悄悄了结了吗?"

"你希望这样,小姐?"

"是的。毕竟……我是当事人。而且不会再有人暗算我了……没有了。"

"你说的是实话,现在不再有人暗算你了。"

"你在想玛吉吗?但是,波洛先生,玛吉无论如何也不能死而复生了!如果你把这一切公之于众的话,只会给弗蕾德丽卡带来伤害,让她受到大家的非议……她不应该遭这些罪了。"

"你说她不应该遭这些罪?"

"当然不应该!我一开始就告诉你了,她嫁给了一个无赖丈夫。你自己也看到了——就在今天晚上——他是什么样的人。好了,他现在死了,我们就让这一切结束吧。让警察去追查枪杀玛吉的凶手吧,只不过他们什么也找不着,就这样算了。"

"这么说,小姐,你的意思就是让大家保持沉默?"

"是的,拜托了。哦!就这么办吧,亲爱的波洛先生。"

波洛缓缓地扫视了大家一遍。

"你们说呢?"

每个人一一表态。

"我同意。"当波洛看着我的时候,我说道。

"我也是。"拉扎勒斯答道。

"最好是这样了。"查林杰说道。

"让我们忘了今天晚上的事吧。"克罗夫特先生毫不犹豫地赞同。

"你当然这么想啦!"杰普插了一句。

"高抬贵手吧,亲爱的。"克罗夫特太太抽泣着对尼克说道,但尼克轻蔑地瞟了她一眼,没有答话。

"埃伦,你说呢?"

"我和威廉不会走漏风声的,一个字都不会说。多说反而坏事。"

"你呢,维斯先生?"

"纸包不住火的。"查尔斯·维斯说道,"该知道的还是要知道。"

"查尔斯!"尼克叫道。

"对不起,亲爱的。我是从法律的角度来看。"

忽然波洛笑了。

"这么说七比一。杰普中立。"

"我在休假,"杰普咧嘴笑道,"不算。"

"七比一。只有维斯先生不赞成……他站在法律和秩序一边!听我说,维斯先生,你真有个性!"

维斯耸了耸肩。

"情况很清楚。只有这样做才对。"

"好,你是个诚实的人。是啊,我也站在少数派这一边。我赞成追查到底。"

"波洛先生!"尼克叫道。

"小姐,是你把我拖入了这个案子。我是按照你的意愿参与进来的,现在你不能叫我半途而废。"

他举起了食指。这个手势对我来说十分熟悉。

"坐下吧……你们全都坐下。我来告诉你们悬崖山庄奇案的真相。"

他那专横的态度容不得任何反对,于是我们都静静地坐了下来,专注地看着他。

"听我说!我这里有一张表,里面都是跟罪案有牵连的人。我给这些名字编了号,从一到十。其中'第十'是个未知人物……通过别人间接与本案有关。直至今天晚上,我才知道这个'第十'是谁,但我始终知道有这个人存在。今天晚上的事证明我是对的。

"但是昨天,我突然意识到我犯了一个重大的错误。我太疏忽了。

于是我在那张表里又加了一个号码,'第十一'。"

"又是一个未知的人物?"维斯有些讥讽地问道。

"不完全是这样。'第十'代表未知的人。如果还有一个未知的人,就应当是另外一个'第十'。'第十一'就不同了,它代表的是从一开始就应该列入表格,但因为疏忽而遗漏了的一个人。"

他朝弗蕾德丽卡弯了弯腰。

"请安心,太太。你的丈夫并非凶手。枪杀玛吉小姐的是那个'第十一'。"

她怔住了。"那谁是'第十一'?"

波洛冲杰普点了点头。杰普走上前来,以往常在法庭上作证的口吻说道:"接获情报后,今天晚上我很早到这里了。按照波洛先生的布置,我秘密地进入了这幢房子,躲在客厅窗帘的后面。当大家都待在餐厅时,有一位年轻的小姐走进客厅,打开了电灯。她走到壁炉前,打开了由弹簧开启的一个小壁龛。她从里面拿出了一把手枪,一直拿在手里走出了客厅。我跟着她,透过门缝监视她的下一步举动。前厅里挂着客人们的外套和披肩。这位年轻小姐用一块手帕仔细地擦了擦手枪,然后把它放进了一件灰色外套的口袋,那正是赖斯太太的外套……"

尼克惊呼了一声。

"撒谎……全是假的!"

波洛用一只手指着她。

"看!"他说道,"这就是'第十一'!是尼克小姐打死了她的堂妹玛吉·巴克利!"

"你疯了?"尼克大叫道,"我为什么要杀玛吉?"

"为了继承迈克尔·斯顿留下的遗产!她的名字也叫玛格黛勒·巴

克利——斯顿上尉是和她订婚的,不是和你。"

"你……你……"

她站在那儿浑身发抖,一句话也说不出来。

波洛转身面对杰普。

"你给警察打电话了吗?"

"打了,他们现在就在前厅等着,他们带了逮捕令。"

"你们全都疯了!"尼克鄙夷地叫道。然后,她快步走到弗蕾德丽卡身边。

"弗莱迪,把你的手表给我……做个纪念,好吗?"

弗蕾德丽卡慢慢地解下了镶着宝石的手表,把它交到尼克手里。

"谢谢。现在……看来我们还得演完这场荒诞不经的闹剧。"

"是你计划在悬崖山庄演出闹剧。是的。但你真的不应该把赫尔克里·波洛也拉进来。小姐,这就是你的失策……你犯下了大错。"

第二十二章　尾声

"要我解释一下吗？"

波洛环顾左右，脸上带着志得意满的笑容，却还假意装出谦卑的模样，对他这一套我最熟悉了。

我们已经移到客厅来了，人数也少了几个。用人们识趣地退了出去，克罗夫特夫妇也被警察带走了。只有我、弗蕾德丽卡、拉扎勒斯、查林杰和维斯留了下来。

"是啊，我得承认……我被愚弄了，被耍得团团转。用你们的话来说，我被小尼克牵着鼻子到处走。哈！太太，你说过你那位朋友是个小骗人精。你说得多么正确啊！一点儿没错！"

"尼克总是说谎，"弗蕾德丽卡镇定地说道，"所以我才不相信她那些死里逃生的奇闻。"

"而我，这个大白痴，竟然相信了她的鬼话！"

"那些意外到底有没有过呢？"我得承认，直到现在我还有一些莫名其妙。

"全是假的。但是设计得很巧妙,所以给人造成了一种印象。"

"什么印象?"

"让人觉得尼克小姐的生命受到了威胁。但我还要从更早的时候讲起。让我把这个故事从头到尾、原原本本地讲给你们听——而不是浮光掠影。

"起先,我们这位尼克小姐是这么一个人:年轻漂亮、轻佻放肆,盲目地迷恋着她的悬崖山庄。"

查尔斯·维斯点了点头。

"我对你说过的。"

"你说得对。尼克小姐热爱悬崖山庄,但她没有钱。房子被抵押出去了。她需要钱——简直做梦都想要——但就是没有办法。后来她在勒图凯遇到了年轻的斯顿,斯顿为她倾倒。她知道无论在什么情况下,斯顿都是他叔叔的继承人,而且他那位叔叔是个大富豪。好,她觉得自己时来运转了。但是斯顿并非完全被她迷住了,他只是逢场作戏而已。他们在斯卡伯勒见面时,他带她坐上那架飞机兜风,而此时……天公不作美,斯顿遇到了玛吉,两人一见钟情。

"尼克小姐惊得目瞪口呆。在她眼里,玛吉丝毫不解风情,但在斯顿看来就不同了,他觉得玛吉才是唯一。于是他们俩秘密订婚了。只有一个人知晓内情,那个人就是尼克小姐。可怜的玛吉……对她无话不谈。毫无疑问,尼克还读过她堂妹的未婚夫的情书,于是尼克小姐便获悉了斯顿遗嘱的内容。当时她并未留意这个遗嘱,但她并没有忘记这件事。

"接着马修·斯顿爵士突然去世,同时传来迈克尔·斯顿失踪的传闻。于是这位年轻小姐便心生邪念。斯顿并不知道尼克的真名也叫玛格黛勒,他以为她的名字就是尼克。而他的遗嘱非常不正规,仅仅提到了人名。可是在人们眼中,斯顿却是尼克的朋友!别人都认为他们俩才是一对。如果她宣称说自己是斯顿的未婚妻,谁也不会感到意外。但是要想成功,就必须把玛吉除掉。

"时间紧迫。她首先安排要玛吉来陪她几天,然后制造那几起死里逃生的意外。那幅画上的绳子是她自己弄断的,汽车刹车也是她自己动的手脚。而悬崖上的那块滚石……也许是自己掉下来的,也有可能是她捏造的。

"而在这时,她从报纸上看到了我的名字。(我跟你说过,黑斯廷斯,我可是大名鼎鼎的。)她的胆子真大,竟然想要利用我!那颗子弹射穿帽檐落在了我的脚边。嘿,多么滑稽,我就这样被拉了进来!我竟然相信她的生命受到了威胁!好啊,她有了一位有分量的见证人在她一边。而我要她去请一个朋友来同住,这也正中了她的下怀。

"她抓住了这个机会,叫玛吉提早一天到圣卢来。

"作案过程其实非常简单!她先离开餐厅,从收音机里证实了斯顿的死讯,然后开始把计划付诸实行。她有足够的时间把斯顿写给玛吉的情书翻出来,并且从中挑选了几封拿到自己的卧室。后来,她和玛吉离开看焰火的人群,回到屋里。她叫她堂妹披上她的披肩,然后悄悄尾随在后,趁机朝她开枪。接下来,她马上跑回屋,把枪藏在秘密的壁龛里(她以为谁也不知道这个壁龛),再转身上楼。她一直等到有人意识到不对,发现了尸体,这时才出来。她一直等的,就是外面有没有动静。

"下楼后她穿过落地窗跑进了花园。当时她的表演多出色呀!了不起!没错,她策划了一出好戏。那个女佣埃伦说这是一幢邪气很重的古屋。我深有同感。尼克小姐的犯罪灵感就来自这幢古屋。"

"可是那些下了毒的巧克力,"弗蕾德丽卡说道,"我还是没弄明白。"

"这也是整个计划中的一环。难道你看不出,如果玛吉死了之后尼克的生命仍然受到威胁,那么就可以证明玛吉之死乃是误杀?于是,当她认为时机成熟时,她就给赖斯太太打了个电话,请她送一盒巧克力过来。"

"那么电话里是她的声音?"

"是的!最简单的解释往往最接近事实,是不是?她稍微改变了一下自己的嗓音——就这么简单。这样,当别人问你时,你就吃不准了,你就会受到怀疑。当巧克力送到之后,同样也是非常简单。她在其中的三块巧克力当中下了可卡因(她身边偷偷地藏有可卡因),吃了其中一块,于是就中毒了——但又不是很严重。她很清楚吃多大剂量就能够显示出症状而又不会有危险。

"然后是那张卡片——我写的卡片!她胆子可真大!这张卡片就是我连同鲜花一起送过去的。很简单,是不是?但一般人是想不到的。"

一时间谁也没做声。后来弗蕾德丽卡问道:"她为什么要把手枪放到我的外套里?"

"我就知道你会问这个问题,太太。你问得正是时候。告诉我……你有没有觉得尼克小姐不再喜欢你了?甚至感觉她开始恨你了?"

"这很难说,"弗蕾德丽卡慢吞吞地说道,"我们之间并非真心实意的。她过去是喜欢过我。"

"告诉我,拉扎勒斯先生——现在不是客套的时候了——你和尼克小姐之间是不是有过瓜葛?"

"没有,"拉扎勒斯摇了摇头,"有一段时间我确实被她吸引住了,但后来……我也不知为什么……我就跟她疏远了。"

"嗯,"波洛颇以为然地点了点头,"这就是她的不幸。她能吸引人……但后来他们又'跟她疏远'。没有人会对她越来越好,反倒是爱上了她的朋友。她开始恨赖斯太太了——被一个有钱人追求的赖斯太太。去年冬天她立遗嘱时还是喜欢赖斯太太的,但后来就不同了。

"她记得她那份遗嘱,却不知已经被克罗夫特扣押了。这份遗嘱永远也到不了该去之处。赖斯太太有谋害尼克的动机(或者说别人都这么认为)。因此她就打电话给赖斯太太要她去送巧克力。今天晚上宣读遗嘱,太太会被指定为剩余财产继承人……然后又在太太的外套里发现手枪——杀死玛吉的手枪。如果是你自己在衣服里发现手枪并且打算把它扔掉,你就更加摆脱不了嫌疑。"

"她一定恨死我了。"弗蕾德丽卡喃喃地说道。

"是的,太太。你拥有她没有的东西……不仅能够得到爱情,并且能够保持爱情。"

"我大概是太笨了,"查林杰说道,"我还是不明白尼克遗嘱的事。"

"不明白吗?虽然是另外一码事,但也很简单。克罗夫特夫妇躲藏在这里。恰巧尼克小姐要动手术,而她没有立过遗嘱,于是他们发现有机可乘。他们说服她立了一个遗嘱,然后拿去说要把它寄掉。如果尼克发生了意外——假如她死了——他们就可以伪造一份遗嘱,借口说曾经帮助过在澳大利亚待过的菲利普·巴克利,从而谋取尼克的钱财。

"但是尼克小姐的手术很顺利,所以伪造遗嘱就没有了意义。当时的确是这样。但不久就发生了那些意外,尼克的生命受到了威胁。于是克罗夫特夫妇又看到了希望。最后,当我宣布尼克小姐中毒死亡之后,他们再也不会浪费这个机会了。于是伪造的遗嘱马上就寄到了维斯先生手里。当然啦,他们想当然地认为尼克比她看上去的还要富有,对房子抵押的事情一无所知。"

"我想知道，波洛先生，"拉扎勒斯说道，"你是怎么知道这些的？你是从什么时候开始怀疑尼克小姐的？"

"唉！说来惭愧，我钻入圈套的时间太久了……实在是太久了。有一些事情令我困惑不已……事情看起来很不对头。尼克小姐跟我说的和别人告诉我的总是有矛盾。不幸的是，我总是相信她。

"后来我突然得到了一个启示。尼克小姐犯了一个错误。她太过聪明了。当我敦促她找一个朋友来同住时，她答应了，但她却隐瞒了早已叫玛吉过来的事实。在她看来，似乎没有什么可疑之处，但其实这是一个错误。

"因为玛吉·巴克利一到这里就写了一封信回家，在信里面她随手写了一句话，却让我困惑不解：'我看不出她有什么急事要打电报把我叫来。星期二过来其实也是可以的。'为什么要提到星期二？这只有一个解释，那就是玛吉本来在星期二就一定要过来。这么一来，尼克小姐就说谎了……或者说是隐瞒了实情。

"这时我才第一次用不同的眼光来看她。我分析她说过的每一句话，不再盲目轻信了。我自问：'如果这句话不是真的呢？'我想起了那些相互矛盾的说法。我问自己：'如果每次都是尼克小姐说谎，而不是别人说谎，那会怎么样呢？'

"我问自己：'索性简单一点儿，到底发生过什么事呢？'

"于是，我只看到发生了一件事，那就是玛吉·巴克利被杀害了。就是这样！那么，谁会盼着玛吉去死呢？

"这时我想起了另外一件事。在此不久前，黑斯廷斯对名字的昵称说了一通高见，说玛格丽特这个名字有许多昵称……玛吉啦、玛戈啦，等等。于是我突然就想，玛吉小姐的真名是什么呢？

"我一下子就震撼了。如果她的名字是玛格黛勒呢！这是巴克利家族常用的名字,尼克小姐跟我说过。两个玛格黛勒·巴克利!如果……

"我马上想起那几封迈克尔·斯顿写的情书。是呀……没有什么事是不可能的。信里提到过斯卡伯勒……但玛吉和尼克一道去过那儿,玛吉的母亲跟我说的。

"这就解释了一个我一直困惑的问题。为什么情书那么少?一个姑娘如果保存情书,她就会把它们全部保存下来。为什么尼克小姐只保存了这么几封?是不是这几封有特别的含义?

"我想起这些情书都没有提到收信人的名字。称呼各不相同……都是'亲爱的'之类。但信里根本就没有提到尼克这个名字。

"还有一个破绽——我本应该立即发现的——更是泄露了天机。"

"那是什么?"

"唉……是这样。尼克小姐在去年二月二十七日做手术割盲肠。迈克尔·斯顿在三月二日写了一封信,但信中根本没有提到这个手术,甚至连一句问候的话也没有。我当时就应该发现,这些情书原本就是写给另外一个人的。

"然后我又好好地看了一遍那张嫌疑人物表上的问题,从新的角度做出了解答。

"除了几个孤立的问题之外,所有的疑点都被澄清了。我也解决了一个早先令我困惑不解的问题。那就是尼克小姐为什么要买黑色礼服?答案是她必须和她的堂妹穿得很像,这样红色披肩就可以佐证'误杀'的说法了。这样的回答才是令人信服的,不可能是其他。一个姑娘是不会在确证她心爱的人死去之前就预订丧服的,这不可能……说不通的。

"接下来,就轮到我来导演这出戏了。而我预计的事情果然就发生了!当我问到那个秘密的壁龛时,她矢口否认,说根本就没有这类东西。但如果有的话——我看不出来埃伦有什么理由要去捏造——尼克肯定知道。为什么她要竭力否认呢?是不是她把手枪藏在那里?等到以后好拿出来嫁祸于人?

"表面上我让尼克小姐看到我非常怀疑赖斯太太,这也正是她计划的目的。正如我预见的,尼克无法抗拒嫁祸给赖斯太太的念头。这么做除了会让她本人更安全以外,那个壁龛还有可能随时会被埃伦找到,结果就会发现那把手枪。

"我们全都集中在餐厅里,只有她一个人待在外面等待进来的暗号。她认为这时绝对安全,就把手枪从壁龛中取了出来,又放进了赖斯太太的外套……

"就这样——最终,她落网了……"

弗蕾德丽卡哆嗦了一下。

"不管怎样,"她说道,"我还是很高兴把手表给她了。"

"是的,太太。"

她很快地瞄了他一眼。

"你也知道了?"

"埃伦呢?"我插了一句,"她是不是知道或者怀疑什么?"

"没有,我问过她。她跟我说,那天晚上她之所以待在屋里没有去看焰火,用她自己的话来说,是因为她'预感到要出事'。显然尼克小姐鼓动她出去看焰火的语气太过火了。她知道尼克小姐不喜欢赖斯太太。埃伦对我说,'我从骨子里预感到要出事',但她以为出事的会是赖斯太太。她说她知道尼克小姐的脾气,一直是一个不可捉摸的小丫头。"

"是啊,"弗蕾德丽卡喃喃地说道,"是啊,我们都是这么想的。一个不可捉摸的小丫头。一个作茧自缚的不可捉摸的小丫头……我总算……"

波洛握住她的手,温柔地吻了一下。

查尔斯·维斯不安地扭了扭身子。

"这是一件极不愉快的事,"他平静地说道,"我想,我必须准备替她辩护了。"

"恐怕没有必要,"波洛温和地说道,"如果我没有猜错的话。"

他突然转向查林杰。

"你把毒品放在那儿,对不对?"他说道,"在手表里?"

"我……我……"那水手支支吾吾地说不下去了。

"用不着骗我。你看上去像个正人君子,但只能骗骗黑斯廷斯,可别想骗我。你们干的好事——贩运毒品——你和你在哈利街的那个叔叔。"

"波洛先生!"

查林杰站了起来。

我那身材矮小的朋友静静地盯着他。

"你就是那个有用处的'男朋友'。尽管抵赖吧,如果你想的话。但我劝告你,如果你不想让警方知道……就赶紧滚吧。"

让我诧异的是,他真的马上一溜烟逃出了房间。我怔怔地看着他的背影,嘴都合不拢了。

波洛大笑起来。

"我跟你说过,我的朋友,你的直觉总是错的。真让人佩服!"

"可卡因原来藏在手表里……"我这才开口说话。

"是的,是的。这就是为什么尼克小姐住在疗养院还可以下毒。她把自己的存货用在巧克力里了,于是要走了赖斯太太新装满的手表。"

"你是说她毒瘾犯了？"

"不，不，尼克小姐并没有上瘾，她只是偶尔玩玩。但今天晚上她另有用途。这次她会一下子全用掉。"

"你是说……"我倒吸一口凉气。

"这是最好的办法了，总比上绞刑架要强。但是，嘘！在忠于法律和秩序的维斯先生面前，我们绝对不应该说出来。正式场合下，我什么也不知道。手表里的东西……我只是猜测而已。"

"你的猜测总是正确的，波洛先生。"弗蕾德丽卡说道。

"我得走了。"查尔斯·维斯冷冷地说道，脸上一副不以为然的表情。

波洛看了看弗蕾德丽卡，又看了看拉扎勒斯。

"你们就要结婚了，嗯？"

"越快越好。"

"真的，波洛先生，"弗蕾德丽卡说道，"我并不像你认为的那样喜欢吸毒。我已经减到极少量了。现在我想……幸福就在眼前，我再也不需要这种手表了。"

"祝你幸福，太太。"波洛温柔地说道，"你受了很多折磨，尽管如此，你仍然怀有慈悲心……"

"我会照顾好她的，"拉扎勒斯说道，"我的生意不景气，但我相信会渡过难关的。如果不巧……哦，弗蕾德丽卡不在乎受穷的，她会和我在一起。"

她微笑着摇了摇头。

"不早啦。"波洛看了看钟。

我们都站了起来。

"我们在这幢奇怪的古屋里度过了一个奇怪的晚上，"波洛接着说道,"我想,就像埃伦说的,这是一幢邪气很重的古屋……"

他抬头看了看那幅老尼克的画像,突然把拉扎勒斯拉到一边。

"很抱歉,在我所有那些问题当中,我还有一个没弄明白。告诉我,为什么你要出价五十英镑去买那幅画?若你不吝赐教,我愿闻其详……要知道,这个案子里的其他问题我都明白了。"

拉扎勒斯不动声色地打量了他一会儿,然后笑了。

"听我说,波洛先生,"他说道,"我是个生意人。"

"不错。"

"那幅画最多只值二十英镑。我明白,如果我出价五十英镑,她就会疑心这幅画可能不止值这个价,于是会请人另外估价。这样她就会发现我出的价格远远超过了这幅画的实际价值。下次我要出价买别的画时,她就不会再请人估价了。"

"嗯,那又怎么样呢?"

"墙那一头的画至少要值五千英镑。"拉扎勒斯一本正经地说道。

"噢!"波洛深吸了一口气,高兴地说,"现在我全明白啦!"

Peril at End House
Copyright © 1932 Agatha Christie Limited. All rights reserved.
© 2013 Letter for Chinese Reader, New Star Edition by Mathew Prichard.
www.agathachristie.com
The Poirot icon is a trademark, and AGATHA CHRISTIE, POIROT, *Agatha Christie*®
and the AC Monogram Logo are registered trade marks of Agatha Christie Limited
in the UK and elsewhere. All rights reserved.
Published by agreement with ACL.
Simplified Chinese edition copyright: 2025 New Star Press Co., Ltd.

图书在版编目（CIP）数据

悬崖山庄奇案/（英）阿加莎·克里斯蒂著；程云琦译. -- 2版. -- 北京：新星出版社，2021.9（2025.10 重印）

ISBN 978-7-5133-4456-2

Ⅰ.①悬… Ⅱ.①阿… ②程… Ⅲ.①侦探小说-英国-现代 Ⅳ.① I561.45

中国版本图书馆 CIP 数据核字（2021）第 072103 号

午夜文库
谢刚 主持

悬崖山庄奇案

[英]阿加莎·克里斯蒂 著；程云琦 译

责任编辑：王　欢
统筹编辑：王　欢
责任印制：李珊珊
封面插图：宣　和
封面设计：周伟伟

出版发行：新星出版社
出 版 人：马汝军
社　　址：北京市西城区车公庄大街丙3号楼　　100044
网　　址：www.newstarpress.com
电　　话：010-88310888
传　　真：010-65270449
法律顾问：北京市岳成律师事务所

读者服务：010-88310811　　service@newstarpress.com
邮购地址：北京市西城区车公庄大街丙3号楼　　100044

印　　刷：北京天恒嘉业印刷有限公司
开　　本：910mm×1230mm　　1/32
印　　张：7.25
字　　数：101千字
版　　次：2021年9月第二版　　2025年10月第八次印刷
书　　号：ISBN 978-7-5133-4456-2
定　　价：42.00元

版权专有，侵权必究；如有质量问题，请与印刷厂联系调换。